殺したい子

イ・コンニム
矢島暁子 訳

アストラハウス

CONTENTS

＊この本に登場する事件はすべてフィクションであり、
青少年刑事事件の手続きが実際と異なることがあります。

＊本文中の（　）内は訳注。

GIRL WHO WANTS TO KILL
BY LEE, KKOCH-NIM

JAPANESE TRANSLATION RIGHTS ARRANGED WITH WOORI SCHOOL
THROUGH ERIC YANG AGENCY, INC AND TUTTLE-MORI AGENCY, INC.

THIS BOOK IS PUBLISHED WITH THE SUPPORT OF
THE LITERATURE TRANSLATION INSTITUTE OF KOREA (LTI KOREA).

装画
急行2号

ブックデザイン
アルビレオ

殺したい子

1

高校一年、今の同級生

誰ですか、パク・ソウン？　もちろん知ってますよ。いえ、同じクラスじゃないです。でも、校内で時々見かけていました。

うちの学校でパク・ソウンの名前を知らない子はいませんよ。個人的にしゃべったことはないけど、うわさがすごいですから私もいろいろ聞いてます。どんなうわさかって？　半端ないです。一日経てばまた新しいうわさが広がってるんですから。みんな気になって、パク・ソウンのSNSをチェックしてるみたいですよ。

あの日は学校中もう大騒ぎで、私も心臓が止まるかと思いました。最初は信じられませんでしたよ。学校で生徒が殺されたなんて誰が信じますか。

そこは昔、焼却場だったんだそうです。うちの学校、結構古いですからね。昔はゴミを燃やしたりしてたんでしょうけど、今は誰も行きません。そんなところに何しに行くんですか。何だか気味が悪いし、怖いじゃないですか。何か出てきそうだし。廊下の窓から顔を出せば見えますけど、特に見ることはないですね。グラウンド側じゃなくて、校舎の裏側ですし。

いえ、私は見てませんけど、実際に見たって言う子もいました。最初に発見した子が大声で叫んで、その声でみんながどっと集まってきて、警察に通報したりしたんです。先生たちは後から来ました。そういう時、先生ってたいてい一足遅れて来るじゃないですか。今回だって誰かが職員室に言いに行ったからあわてて駆け付けてきたけど、そうでなかったら警察が来て初めて知ったんじゃないかと思います。

パク・ソウンがいじめられてたこと、先生たちが知ってたかって？　まさか。知ってたと思いますか？　パク・ソウンが死んだのだって生徒から聞いたくらいなんですよ。先生たちは何も知らなかったと思います。私もそんなこと全然知りませんでした。中学の頃はいじめもあったかもしれないけど、高校生にもなれば、ちょっと合わないなって思う子はいても、もういじめはないと思ってました……。でも最近、チ・ジュヨンがパク・ソウンをいじめてたんだそうです。といっても、露骨にいじめてたわけじゃなくて、口をきかないとか、それくらいだったみたいですけど。とにかくあの日から、みんなショックを受けて大騒ぎなんてもんじゃなかったですよ。

最初はみんな自殺だと思いました。チ・ジュヨンが殺したなんて誰が思いますか。想像もしませんでした。とにかく、チ・ジュヨンのせいでこの学校ももう終わりだって、ほとんどパニック状態です。正直言って、殺人事件のあった学校なんて誰も通いたいと思いませんよ。

あの日あの光景を見てから、授業が耳に入らなくなったってみんな言ってます。直接見てない、話を聞いただけの私でさえ怖い夢を見たんですから……。

そんな中でも、今が追いつくチャンスとばかりに必死に勉強してる子もいますけどね。いやあ、本当にすごいですよ。大学入試に失敗して自殺した子の亡霊でもとりついたのかと思うくらい。ホントすさまじいんです。

チ・ジュヨンですか？　あの子のことはよく知りません。ただ、活発で、勉強もできて、顔もかわいいので目立ってました。そういえば、みんなの話では、もともとチ・ジュヨンとパク・ソウンはすごく仲良かったそうなんです。中学の時から親友だったって。言われてみれば、確かにいつも一緒にいました。

そうですよ。親友だったっていうのに、いったいどうしてあんなことをしたんですかね？　ところでこれ、ホントに放送されるんですか？　いつやるんですか？

2 キム弁護士

ジュヨンが疲れきったような顔でキム弁護士を見つめた。キム弁護士は、自分がこうだと信じることは何があっても押し通す強い女性だった。これまでの人生で失敗も挫折も味わったことがないエリート中のエリートで、今回の事件でもジュヨンの弁護を完璧にやり遂げるはずだった。キム弁護士は書類をめくってささっと何か書き入れると、ジュヨンを見てにっこり笑った。

「大体できたね。じゃあ、もう一度確認してみよう。あなたはソウンを殺していない。そうだね？」

キム弁護士の問いに、ジュヨンは返事の代わりにいらだたしげな視線を送った。

「ソウンとは中学一年の時から実の姉妹のようにいつも一緒で、かけがえのない親友だった。私たちはこの事実をずっと強調していくから。肝に銘じておいてね」

キム弁護士は、自分の言う通りにさえすれば、何の問題もなく釈放されると言った。しかし、ジュヨンはキム弁護士が気に食わなかった。彼女が父親から大金を受け取っているのは明らかだった。

　多額の金をもらって弁護すること。それも何の罪もない人を弁護すること。こんなに簡単な仕事があるだろうか、とジュヨンは思った。それなのにキム弁護士は、ものすごく難しいことをやっているかのような態度だった。自分がまるで神様か何かみたいな口ぶりが、なおのことしゃくに障った。心から信じていれば願いをかなえてくれるような顔をしているけれど、結局は何もやってくれないその辺の神様と同じだ。

「警察が指紋を採ったそうですね」

「ああ、その話？」

　ジュヨンの問いに、キム弁護士は眉間に小さなしわを作った。

　あの日、ソウンはレンガで頭を打たれて死んだ。当初は自殺といううわさだったが、他殺らしいということになって、学校中が再びひっくり返った。学校は何とかうわさが広まるのを防ごうとしたが、形のない煙のように、それは灰色を帯びてますます広まっていった。


「学校で死んだ十六歳の少女」

　一人の記者の報道で知られるようになったこの事件は、全国民の怒りを買った。しかも、有力な容疑者が同じ学校の生徒だと明らかになると、人々の怒りは沸騰し、少年法を改正しろという声が膨れ上がった。ネット記事のコメント欄は、そんな人でなしは直ちに死刑にすべきだという書き込みで埋め尽くされ、あるテレビ局では、この事件を取り上げて特集番組まで放送した。

「おまえがやったの？」

ジュヨンの母親は疲れきった顔でそう聞いた。

心配しないでいいよ。お母さんが守ってあげる。心配しないでいい……。もしかしたら、ジュヨンは多くを望みすぎていたのかもしれない。恐ろしさに震えている娘に、おまえがやったのかと聞く母親の口から、心配しないでいいという言葉が出てくるのを期待するほうが間違いだった。

「答えて。おまえがやったの？」

「……」

ジュヨンは口をつぐみ、母親の目には恨みと怒りが渦巻いていた。

「いったい私のどこがいけなかったの？　これ以上おまえに何をしてやれば良かったって言うの？　おまえが生まれてからずっと、何不自由ないように育ててきたわ。食べる物だって着る物だって、何から何まで完璧だったでしょ！　それなのに、なんでこんなことになるのよ。何が不満なの？　何が問題なのよ！」

「……」

「人殺し？　人を殺したって？　おまえ気は確かなの？　なんだっておまえが……」

「……」

「答えてよ！　おまえが殺したの？　どうして何も言えないの！」

母親は大声で叫び、父親は顔を見せようともしなかった。人の目を恐れているのだろう。本当は、たった一人の娘を戸籍から消して、親子の縁を切りたかったのかもしれない。父親は不安におびえている娘に会いに来る代わりに、大層な金を払って評判の弁護士を雇った。

母親がやってきてジュヨンを責め立てたその日、恨みを吐き出したその日、どうして何も言えないのかと問い詰めたその日、ジュヨンが言いたかったことはただ一つだけだった。

違うと言ったら信じてくれるんですか？


「聞いてる？」

ぼうっと宙を見つめるジュヨンの目を覚ますように、キム弁護士はペンで机をトントンと叩《たた》いた。

「もう一度説明するよ。警察が持っている証拠は二つ。一つはレンガについていたあなたの指紋、もう一つはあなたがあの日ソウンに送ったカカオトーク（無料通話・チャットアプリ）のメッセージ」

あの日、ジュヨンはソウンと大げんかをした。警察でなぜけんかをしたのかとしつこく聞かれたが、ジュヨンはなぜか、けんかの原因をどうしても思い出せなかった。でも、ソウンが悪かったことだけは確かだ。ソウンはジュヨンにひたすら謝り、ジュヨンはそれでも許せないほど怒っていた。それは、カカオトークのメッセージ記録にもしっかり残っていた。

ジュヨン、まだ怒ってる?

ごめん。

私が悪かった。

本当にごめんね。

ソウンが送ったのはそんなメッセージだった。ジュヨンは、何度も送られてくるメッセージはスルーして、しばらく経ってから返信を送った。

あとであそこに来て。

それが最後のメッセージだった。

警察は、ジュヨンのメッセージにある「あそこ」というのは校舎の裏の空き地だと言った。二人はそこで会いソウンはもう一度謝った。しかし、許せないほど怒っていたジュヨンは、腹立ちまぎれに近くにあったレンガを拾って、ソウンめがけて振り下ろしたのだろうと。

警察の話を聞いたジュヨンは混乱した。本当に私がそんなことしたの？　私がソウンを殺したの？　ジュヨンは本当に何も覚えていなかった。自分がなぜそんなに怒っていたのか、ソウンがしたそれほどまでに悪いこととは何なのか、そして……。

いや、違う。

ジュヨンは、これだけははっきり言えた。

ソウンを殺したのは私じゃない、私は殺してない。

ジュヨンはやっていないと言い、警察はやったと言った。凶器となったレンガのかけらからジュヨンの指紋が見つかり、メッセージの時間もぴったり合う。すべての状況がジュヨンが犯人だと示している。ジュヨンが覚えていないふりをしているのでないとすれば、ショックが大きすぎて思い出せないだけだと。

「あのレンガからあなた以外の人の指紋も検出されたって知ってる？」

キム弁護士は、心配いらないという口ぶりだった。

ジュヨンは安堵のため息をつきながら、ここ数日を思い返していた。警察がやって来て、おまえが犯人だと言われた時、ジュヨンはあまりのことに声も出なかった。やっていないと言えば当然すぐに釈放されると思った。しかし、すぐ釈放されるはずが一日経ち、二日経ち、さらに長引いていた。

「あなたの指紋ははっきりと付いていたけど、だからといって犯人だと決めつけるのは無理がある。確かな証拠があったら、あなたをこうしてただ勾留したままにしておくはずがないよ。証拠がないから、状況から推測するしかないのよ。だから誰に何と言われても、あなたは今みたいに自分がやったんじゃないとだけ言えばいいの。わかった？」

3 中学一年の時の同級生

どなたですか？　ああ、テレビ局？　私、よく知りません。塾に行くところなんですけど。聞いてはいますよ。ソウンがあんなことになって、胸が痛みますけど。こうやって話すのは、ちょっとあれですね。よく知らないのに適当なことしゃべったら、ほかの子に何て言われるか……。

いいえ。さっきから何度も、知ってることだけ話せばいいって言いますけど、私、知ってることなんてホントにないんですよ。ただ同じ中学出身っていうだけですから。一年の時、同じクラスでした。でもそんなに仲良くもなかったし、その後はずっと別のクラスだったのでよく知りません。

ああ、まったく。ソウンがあんなことになったからって、どうしてそれを私に聞くんですか。迷惑なんですけど。

本当に知ってることだけ話せばいいんですよね？　でも、プライバシーは確実に守られるんですか？　ちゃんとモザイクかけて音声を加工してくれますよね？　必ずそうしてくれないと、誰なのか全部ばれちゃいますから。カメラは撮らないで、知ってることをただお伝えするだけじゃダメですか？　それとも、変えた音声だけ流すとか……。

私は、ジュヨンはいい子だなと思ってました。ソウンは、小学生の時いじめられてたんだそうです。あの子も悪い子じゃないんですけど、ちょっと気が小さくて内気だったから、そのせいかもしれません。

中一の時も、ソウンが小学校でいじめられてたことをばらした子がいて、それまで一緒に遊んでいた子がみんな離れていきました。一度いじめられると、そのイメージがずっと付きまとうんですよ。子ども同士ってちょっとそういうところありますからね。いじめられていた子と遊んでると、自分もいじめられそうで。いじめってほどじゃなくても、陰口を言われたりはしますから。あの時ジュヨンが怒ったのを覚えてます。なんて言ってたっけな。小学生の時いじめられてたから何だって言うのよ。なんでそんなことわざわざ言うの。恥ずかしくないの。人の知られたくないことをどうして言いふらすの、とかそんな感じだったと思いますけど。

ジュヨンはすごく弁が立つんです。頭が良くて口も達者なので、誰も太刀打ちできません。あの時ジュヨンがガツンと言ってからは、ソウンがいじめられてたなんて言う子は誰もいなくなりました。たぶんソウンにとってジュヨンは、スーパーマンとかアイアンマン（パワードスーツを着て悪と戦うスーパーヒーロー。アメリカのコミック・映画の主人公）みたいな存在だったんだろうと思います。ジュヨンのおかげで友だちも結構できてましたから。

いじめられてたって聞いて、みんなも最初はソウンにちょっと距離を置いてたんですけど、ジュヨンがすごい人気者なので、そのうちソウンまで好かれるようになったんだと思います。

ジュヨンですか？

ジュヨンは誰もが仲良くなりたいと思うような子です。かわいいし、勉強もできるし、家もお金持ちだし。そんな子は、黙ってても友だちが集まってくるものじゃないですか。ジュヨンがソウンと仲がいいから、ジュヨンと仲良くなりたい子たちがソウンにも優しくするようになって、そうしているうちに自然と仲良くなって。

ソウンは……正直に言っていいですか？

ソウンは、ちょっとなあって感じの子でした。やることも何となくダサいっていうか。勉強もできないし、顔もいまいちだし、家も貧乏みたいだし。なんか存在感がなくて、あんまり友だちになりたいとは思わない子っているじゃないですか。まさにそんな子でした。

そりゃそうですよ。誰だって付き合う友だちは選びます。顔、成績、それに家。点数や順位はつけないまでも、みんな心の中では、かわいくて、勉強ができて、お金持ちの家の子と仲良くなりたいと思ってますよ。よっぽど面白いキャラなら別ですけど、ソウンはそういうタイプでもなかったし。

私の知っていることはこれで全部です。ジュヨンがソウンの救いの神だったってこと。

私にはわかりません。ジュヨンみたいな子がどうしてソウンをあんなに気にかけてたのか。かわいそうな子を助けたいという同情心とか正義感、まあそんなところじゃないですか？

4 プロファイラー

「こんにちは。きみがジュヨンだね」

その男はこれまで会った警官たちとはちょっと違っていた。ジュヨンがなかなか口を開こうとしないのを見て、警察はプロファイラー（犯罪心理分析を専門とする捜査官）を派遣してきた。プロファイラーは誰よりも容疑者の扱いがうまく、優しい声で相手を安心させる。そのためだろうか。優しそうな笑みを浮かべて入ってきたプロファイラーを見ていると、ジュヨンは父親が頭に浮かんだ。似ているからではなく、あまりにも違っていたから。

ジュヨンの父親は、簡単に他人《ひと》に心を開く人ではなかった。不愛想で感情を表に出さず、いつも忙しそうにしていた。自分が忙しくしていることに感謝しろと言うのが父親の口癖だった。

「おまえは誰のおかげでこんな恵まれた暮らしができてるのかわかってるか？」

父親の言っていることは正しいのかもしれない。はたから見れば、ジュヨンの暮らしは何不自由なかったから。毎年必ず家族で海外旅行に出かけたし、値段なんか気にしないで誰よりも先に流行の物を手に入れることができた。

しかし、ジュヨンは旅行が少しも楽しくなかった。忙しい仕事の合間に何とか時間をつくって一緒に行った父親は、旅先でも寝ているか、仕事をしていた。母親はジュヨンをあちこち連れ回して写真を撮るのに忙しく、撮り終わると誰かに自慢するためにスマホとにらめっこしていた。そのたびにジュヨンは、透明人間になったような気分だった。楽しいことなんて一つもなかった。かといって、旅行に行かないわけにもいかなかった。

「どうしても行かなきゃダメ？」

と聞くと、母親は、

「じゃあ、お友だちはみんな行くのに、うちは行かないって言うの？」

とにらみつけた。

母親はジュヨンが欲しかろうが欲しくなかろうが、有名な高級ブランドの服を買って着せた。ずっと昔から、生まれた時からそうだった。自分が母親にとって「ショーウインドーのマネキン」のような存在だと気付いたのは、小学一年生の時だった。

「ワンピース着たくない！　思いっきり遊べないんだもん。ズボンはいて行く」

ジュヨンが癇癪《かんしゃく》を起こすと、母親はジュヨンの肩をつかんでこう言った。

「おまえ、この服いくらしたと思ってるの？　みんな、これを着たくても着られないのよ」

「動きづらいんだってば」

「じゃあ、学校に着いたらズボンにはき替えればいいでしょ」

母親は、新しく買った高価な服を着せた日にはいつも、学校の前まで送ってくれた。そこでジュヨンを引き寄せて肩に手を置き、ほかの母親たちと挨拶を交わすまで放してくれなかった。ふくれっ面のジュヨンは突っ立って、自分をじろじろと眺める母親たちの視線に耐えなければならなかった。ジュヨンはいたたまれなかったが、母親はたっぷり優越感を味わっていたのだろう。

「ソウンと仲が良かったんだって?」

「……」

「ソウンはどんな子だったの?」

プロファイラーの質問に、悲しみが喉元までこみ上げてきた。まるで何かを吐き出す時みたいに、腹の底からどっと湧き上がった。ジュヨンは悲しみをやっとのことでのみ込んで口を閉じたが、目には涙がにじんだ。こんなはずではなかった。キム弁護士に言われた通り、やってないと言って、あとはじっと耐えるつもりだった。でもプロファイラーがソウンのことを聞いた瞬間、ソウンがどんな子だったかと質問した瞬間、ジュヨンは悲しみをこらえきれなくなった。

「きみもソウンをあんな目に遭わせたのは誰なのか気になるでしょ。早く犯人を捕まえないと」

「私は……やってません」

ジュヨンの言葉に、プロファイラーの眉がわずかに動いた。一瞬間《ま》を置いて、プロファイラーは、わかってるよというような顔で話を続けた。

「僕は、きみがソウンを殺したって言ってるんじゃないよ」

うそだ。

警察が初めてジュヨンを訪ねてきた日、事実をありのままに話してくれればいいと言われた。でもいくら事実をそのまま話しても、警察は信じてくれなかった。まるで決まった答えがあるように、何度もジュヨンに事実をそのまま話せと言った。もう何十回も、自分は殺していないと言っているのに。

私を信じてさえいれば大丈夫だとキム弁護士は言った。ジュヨンも、父親が最強の弁護士を選んだことを疑わなかった。ジュヨンのためではなく、父親自身のためだったとは思うけれど。気に食わなかったが、今信じられる人はキム弁護士だけだった。ほかの誰も信じてはいけない。ジュヨンは絶対に何も話さないと固く心に決めた。

「ジュヨン、おじさんはただソウンの話をしたくて来たんだ。ソウンはきっといい友だちだったんだと思う。そうだろ？」

プロファイラーの言葉に、ジュヨンはやっとのことでうなずいた。ソウンは本当に、かけがえのない友だちだった。

「そうだよ。ソウンみたいないい子が亡くなってしまったのに、誰がやったのかわからないのは良くないよ。おじさんはきみが犯人だと思うからじゃなくて、真犯人を捕まえたいから話をしに来てるんだ。おじさんに協力してくれないかな？」

本当だろうか。

本当にこの男は、ソウンを殺した犯人を捕まえようとしているのか。

ほかの警官たちのように、事実を正直に話せ、証拠は全部そろっているんだ、認めれば刑が軽くなる、とか言わないところを見ると、ひょっとしたら本当なのかもしれない。ジュヨンはしばらくためらってからうなずいた。プロファイラーの顔にかすかな笑みが広がった。

「きみにとってソウンは、どんな友だちだったの？」

「ソウンは……本当にいい子でした。ソウンと一緒にいると、楽しいし心が落ち着きました」

「すごく仲良かったんだね」

「中一の時からです」

「思い出もたくさんあるんだろうね」

プロファイラーの口から思い出という言葉が出てくると、まるでその言葉が映像を流してくれたように、ジュヨンの頭にはいろいろなことが浮かんだ。

学校の前でトッポッキを買って食べたこと、一つの傘で土砂降りの雨の中を歩いたこと、お互いの上履きに落書きをし合ったり、一緒に徹夜で試験勉強をしようと約束したのに、朝までずっとおしゃべりしていたことも。考えてみると、ソウンと一緒にやったすべてのことが、ジュヨンにとっては大切な思い出だった。

「あの日ソウンと会ったの？」

「はい」

「どこで会ったの？」

「校舎の裏で」

「会ってどんな話をしたのかな？」

何話したっけ……。プロファイラーの質問に、ジュヨンはしばらく考え込んだ。あの日、ソウンが何かを謝ってたような気がするけど。


その日は模擬試験があった。ジュヨンとソウンは、試験が終わったら校舎の裏で会う約束をしていた。二人は時々、騒がしい校内で静かなところを見つけておしゃべりしたりしていたのだが、校舎の裏の空き地はそんな場所の一つだった。昔は焼却場として使われていたのが、今は閉鎖されて放置されているところだった。使わなくなった机とロッカーが積まれ、窓から放り投げられたゴミがあちこちに散らばっていた。あまり気持ちのいい場所ではないけれど、ほかの子たちの目を気にせずに秘密の話ができるところだった。

「ごめん。私が悪かった」

その日、ソウンはひざまずいて謝った。ジュヨンは友だちがひざまずいて頭を下げる姿を見ながら、しばらく立っていた。

「何を謝ってるの?」

「ジュヨン……」

「人の名前を呼んでばっかりいないで、ちゃんと言いなさいよ! 何が悪かったって言ってるの?」

「すべて、全部、私が悪かった」

「だから、すべて、全部って何? あんたは自分の何が悪かったのかもわかってないんでしょ、ねえ?」

言ってみなってば!

吐き出した自分の大声に、ジュヨンははっと我に返った。あの日のことを思い出しただけなのに、まるであの日あの場所にいるみたいに生々しかった。

しかし、そこまでだった。いくら思い返しても、ソウンがいったいどんな悪いことをしたのか、なぜ彼女はあれほど謝罪して、自分はあんなに怒っていたのか、まったく思い出せなかった。ジュヨンはじっと自分の言葉を待っているプロファイラーを見て、首を横に振った。

「わかりません。覚えていません」

「そう。じゃあ今日はここまでにしようか」

あの日のことを思い出そうとするだけで苦しそうなジュヨンに優しく声をかけ、プロファイラーは、どんなことでもいいから、もし何か思い出したらいつでも話してほしいと言った。

「最後に一つだけ。きみは、誰がソウンをあんな目に遭わせたんだと思う？」

プロファイラーが尋ねると、ジュヨンの目に警戒の色が浮かんだ。まるでコンピュータにインストールされているプログラムが自動的に作動したように、ソウンの死に関する質問にジュヨンは低い声で唸《うな》るように答えた。

「私が殺したんじゃありません」

プロファイラーは、敏感に反応するジュヨンを見逃さなかった。

「きみが殺したなんてひと言も言ってないよ」

「……」

ジュヨンは赤く充血した目でプロファイラーをにらみつけた。しばらくそんなジュヨンをまっすぐ見つめていたプロファイラーが、立ち上がりながら別れの挨拶でもするように口を開いた。

「ところでジュヨン。ほかの人たちはみんなきみがやったって言ってるけど、どうしてだと思う？」

5 中学三年の時の同級生

好きだねえ、親友って言うの。誰が親友にあんな態度取りますか？　チ・ジュヨンとパク・ソウンは、親友じゃなくて主人と奴隷みたいな関係だったんです。何も知らない人の目には親友に見えるんですよ。ホントにチ・ジュヨン、あれは悪魔です、悪魔。

私、いつかはこんな日が来るんじゃないかと思ってました。いつかチ・ジュヨンが何かやらかすだろうと思ってたんです。私とパク・ソウンとチ・ジュヨン、三人とも同じクラスでした。中三の時です。みんな口には出さないけど、知ってる子はみんな知ってると思いますよ。チ・ジュヨンがパク・ソウンをいいようにこき使って苦しめてたこと。

私も最初は、単純に二人は親友だと思ってました。でもずっと見てて、ちょっとおかしいなと思ったんです。パク・ソウンがチ・ジュヨンの言いなりになっているっていうか。

そういう子たちっていますよね。一見友だちのようだけど、よく見ると友だちっていうより上下関係があるみたいな。グループだとよくあるんです。グループを牛耳ってる子と、何とか仲間に入れてもらってる子が同じなわけないでしょう？

でもチ・ジュヨンの場合は、いつも二人っきりで遊んでたんです、パク・ソウンをまるで奴隷のように従わせて。

チ・ジュヨンはホントにキツネみたいな子なんです。ちょっと優しい顔をすればみんな簡単にだまされてくれるから、人のことをちょろく思ってたんだと思います。私、そんな子は見ればすぐわかります。私も以前やられたことがあるから。そんな子が先生の前ではどれだけいい子のふりをしてるか、見たらびっくりしますよ。裏表があるなんてもんじゃないですから。めっちゃムカつく。

パク・ソウンもばかなんですよ。いい子すぎるっていうか、何をされてもハハハ、フフフってただ笑ってやり過ごすような子でした。人がいいから、ほかの子たちもあの子のことが好きでした。でも、パク・ソウンはほかの子と仲良くできなかったんです。なぜかって？　ほかの子と遊んだら、チ・ジュヨンが目をむいて怒って大騒ぎするんですよ。

二人は一番の親友なんだからとか言って。あんたは私と親友なのに、どうして私をほったらかしてほかの子と仲良くしようとするの？　頭おかしいんじゃないの？とか、まあそんな感じです。

私もパク・ソウンが理解できないんですけど、チ・ジュヨンがあんなおかしな態度を取るんだったら、付き合わなきゃいいだけじゃないですか。なのにパク・ソウンは、チ・ジュヨンが怒るとぶるぶる震えて、何か大変なことでもやってしまったみたいに、ごめんねって謝るんです。何て言ったらいいかな、チ・ジュヨンがパク・ソウンの頭の中を支配してるっていうか。今考えると、ホントまさにそんな感じだったと思います。

どんなふうだったかって？　班に分かれていろいろ調べてプレゼンする実技テストがあるんですよ。班は先生が決めるんですけど、資料を調べたり、パワーポイントを作ったり、発表の準備をしたりしているうちに、たいてい同じ班の子たちは仲間意識が生まれてくるんです。みんなでコインカラオケに行ったり、おしゃべりしたりすれば、そりゃあ仲良くなりますよ。

あの時、私はパク・ソウンと同じ班だったんです。でも何が気分悪かったって、チ・ジュヨンがパク・ソウンに遊んでもいい子を指定するんです。ホントですよ。チ・ジュヨンがこの子は一緒に遊んでいい、あの子はダメって。そしたらパク・ソウンは、ホントにそれに従うんです。チ・ジュヨンは同じ班でもなかったのに。

チ・ジュヨンが遊ぶなと言ったのが、まさにこの私でした。チ・ジュヨンのやることってとんでもないでしょ。女王様とでも思ってるのか、何でも自分の思い通りにしようなんてどうかしてますよ。パク・ソウンにああしろこうしろと指図するのもむかつくし、うちの班でもないくせに干渉してくるから、私、言ってやったんです。

うちの班のことに口出さないで。自分の班のことをやってなさいよ。それにあんたは女王様か何かなの。なんでパク・ソウンに命令ばっかりするの。そう言ったんです、私。

それでどうなったかって？　さっきお話ししたじゃないですか。チ・ジュヨンがパク・ソウンに、私と遊ぶなって言ったんですよ。まったく。小学生じゃあるまいし。もっとおかしいのは、パク・ソウンがホントに私と口もきかなくなったことです。

パク・ソウンがこそっと言ったんです。ごめんねって。そう言いながら、私が話しかけるたびにチ・ジュヨンの顔色をうかがうんです。気分悪いったらないですよ。一度チ・ジュヨンがいない時に、私聞いてみたんです。なんでそんなばかみたいにチ・ジュヨンに好き放題やられてるの、どうして言いなりになってるのって。そしたら、パク・ソウンがこう言うんです。チ・ジュヨンは、私の初めての親友なの。それに私にすごくよくしてくれて、感謝してるんだ。

頭おかしいですよ、ホント。

私はチ・ジュヨンのことを考えただけで身の毛がよだちます。何をどう言ったら、パク・ソウンをあんなに洗脳できるのかと思います。今回のことも、考えただけで恐ろしいです。なんで殺さなきゃいけないんですか。

きっと、パク・ソウンが急に自分の言うことを聞かなくなったから、ムカついてやったんだと思います。パク・ソウンだって人間なんだから、いつまでも言いなりになってばかりいるわけないでしょう。高校生になって、それまで自分がどれほどばかみたいだったか、気が付いたんでしょう。パク・ソウンが言うことを聞かなくなって、チ・ジュヨンは性格からして黙っていられなかったんですよ。見なくてもわかります。

欲張りで、利己的で、見栄っ張り。そんな子っているじゃないですか。チ・ジュヨンがまさにそうでした。あの子、言ってたことがあるんです。ネズミ捕りに追い込まれるネズミみたいに、お父さんに追い詰められて結局思い通りにさせられるんだって。自分もお父さんのように成功しなければならないって言うのが口癖でした。何でも自分が一番でなければならないし、成功しなければならないって。でも、あんなにお金をかけてもらってるのに、その割に勉強は大したことなかったです。

チ・ジュヨン、自分はパク・ソウンを殺してないって言ってるんですよね？　うわあ、鳥肌立ちまくり。完全に悪魔ですよ、悪魔。

あのう。こういうこと言うと、チ・ジュヨンに不利になるんですよね？　パク・ソウンが悔しい死に方をしたことを考えると、腹が立って腹が立っておかしくなりそうです。また必要なことがあれば、いつでも連絡ください。私が知ってることは何でも話しますから。

6 ジュヨンの父親

頭が痛くなってきた。ジュヨンの父親はいつも頭痛を抱えながら生きてきたが、今回はとりわけひどかった。何度鎮痛剤を飲んでも、頭痛は一向に治まる気配がなく、まるで誰かに釘でも打ち付けられているような激しい痛みに襲われ続けた。父親は両手でこめかみを押さえながら、机の上に置かれた家族写真をじっとにらみつけた。

娘。

娘が問題だった。

ジュヨンの父親は、誰に何と言われようと懸命に生きてきた。いや、懸命という言葉では言い表せないほど耐えに耐えて生きてきた。金のスプーンをくわえて生まれ（親の財力で子どもの人生が決まるというスプーン階級論で、経済力の高い親から生まれること。反対は「泥のスプーン」）、悠々と恵まれた人生を送る同級生たちとは違っていた。

酒を飲んでは暴力を振るう父と、生きる意欲を失くした母から逃れるため、ジュヨンの父親は、がむしゃらに生きなければならなかった。貧困という泥沼から抜け出そうと、これまでどれほどあくせく生きてきたことか。一日たりとも安らかな気持ちで寝たことはなかった。そんな人生を危機に陥らせているのがたった一人の娘だなんて。これまで娘のためにどれほど頑張ってきたことか。自分のような人生を送らずにすむように、どれほど心を砕いてきたことか。

能力もないのに、親が裕福なおかげで贅沢な暮らしをする奴らをうらやんだ過去を思い出した。彼らは自分の力でやり遂げたことなんて何一つないくせに、いつも上のほうに座っていた。それを思い知るたびに、父親は不公平な世の中をののしった。汚い世の中につばを吐きながら心に誓った。自分の娘にだけは、絶対に自分みたいな苦労をさせないと。

しかし今、どうだろうか？　娘のために死ぬほど努力した過去はすべて水の泡となり、目の前を覆いつくす娘がしでかしたとんでもないことに押しつぶされそうだった。

ジュヨンの父親は、娘が友だちを殺したなんてことは絶対にあってはならないと思った。いや、たとえ何かの間違いでそんなことをしてしまったとしても、それが事実とされてはならなかった。娘が失敗者になるということは、父親である自分の人生も失敗ということで、それは自分がこれまで営々と築き上げてきた人生が踏みにじられ、無に帰してしまうことを意味していた。

いったいどこで何を間違ってしまったのだろう？　彼は一度も娘に声を荒らげたことはなかった。自分の父親のようにならないよう、決して乱れた姿を見せなかった。時々旅行に出かけ、月に三回は最高級のレストランで食事をした。誕生日には何でもプレゼントしたし、娘の教育のためなら金を惜しまなかった。

何も知らない奴らがテレビでいい加減なことをしゃべっているが、一番になれなんて強要したことは一度もなかった。娘が苦手なことがあれば、それを補うために塾に通わせ、家庭教師を雇っただけだ。親が子どものためにそのくらいしてやるのを、強要とは言えないのではないか。

しかし、娘はついてこられなかった。何の悩みもない完璧な家庭だったはずなのに、娘は、何に関してもいま一つだった。それでも父親は、失望したそぶりを見せないように努力した。

「次はもっとうまくできるよ」

優しい言葉で、娘を慰め励ました。平凡で、そして余裕があって、何の問題もない家庭のはずだった。

それなのにどうして？　どうしてこんなことが起こったんだ？　ジュヨンの父親は、再び襲ってくる頭痛にぎゅっと目を閉じた。目の前が真っ暗だった。

問題は当面のことだった。いったい誰が、殺人を犯した娘を持つ男に仕事をまわしてくれるだろうか。父親はぐっと力を入れて奥歯を噛《か》み締めた。このまま人生が台無しになるのをただ黙って見ているわけにはいかない。娘の未来のためにも、自分のためにも。

7　キム弁護士

「大事なのは、ころころ言うことを変えないことよ」

キム弁護士の言葉に、ジュヨンはムッとした顔をした。そんなジュヨンが気に入らないというように、キム弁護士は小さくため息をついた。

「あの日、ソウンと校舎の裏で会ったって、あなたの口から言ったんだって？」

「……」

「それがどれほど大きなミスかわかってる？　自分で自分の首を絞めたも同然だよ」

「……」

「ジュヨン、あなたはこれが冗談か何かだと思ってる？　未成年だから、ちょっとだけ罰を受けて終わりになると思ってるでしょ。今、外がどんな雰囲気か教えてあげようか？　ほとんど魔女裁判みたいになってるよ。あなたをとっ捕まえて火あぶりにしようと目の色を変えた人たちで溢《あふ》れてるよ」

ジュヨンは知っていた。初めて会った日からずっと、キム弁護士が自分の言葉を信じていないことを。彼女はただ父親が払った莫大な弁護料のため、そして弁護士としての実績を一つ加えるために頭を絞っているだけだと。その顔は、心からジュヨンのためを思っているようにはまったく見えなかった。

「だから何ですか？」

ジュヨンがしかめ面でキム弁護士を見返した。彼女は、この生意気で傲慢《ごうまん》な少女が気に食わなかったが、何とか怒りを抑えた。

「これからは、私がいない時は警察に一切何もしゃべらないで」

ジュヨンは何も答えずに不満そうに顔を背け、キム弁護士は深いため息をついた。

「おかげでずいぶん頭を使う羽目になったよ。今後私たちは、こう口裏を合わせよう。よく聞いて。また余計なことをしゃべって、あなたの人生を台無しにしないで」

「……」

「よく聞くのよ。あの日、あなたはソウンを校舎の裏の空き地に呼び出した。でも、いくら待ってもソウンが来なかった。あなたはしばらく待った。ずいぶん経ってからソウンが来たけど、怒ったあなたはソウンを残して家に帰った。その後のことはあなたは知らないの」

キム弁護士の話はなかなか真実味があった。ひょっとしたら本当にそうだったのではないかと思うほどだった。

「ほかの人はみんな、私が犯人だと思ってるみたいですね」

ジュヨンの言葉に、キム弁護士は薄い笑みを浮かべた。

「それであなたは？」

「え？」

「あなたも自分が犯人だと思う？」

わからない。ジュヨンは本当にわからなかった。最初ジュヨンは、自分はソウンを殺していないとはっきり言うことができた。しかし、みんなに自分が犯人だと言われている今、それでも自分が殺したのではないと言えるか、自信がなかった。


ソウンが発見された日の朝。

ジュヨンは、ソウンに裏切られた気持ちで登校した。前日、校舎の裏の空き地で会った時までは、私が悪かったと謝っていたソウン。しかし、その後ソウンからは一度も連絡がなかった。ジュヨンはひどく腹が立ったが、そのうちだんだん不安になってきた。ソウンの心が離れてしまったのではないか、ソウンも意地悪なジュヨンに付き合うのがしんどくなったのではないか。まだソウンが学校に来ていないことに気付いて、カカオトークを送ってみようか、何事もなかったように電話をしてみようか、ジュヨンは爪を噛みながらしばらく悩んだ。

その時だった。

キャアアアー！

空気を引き裂くような誰かの悲鳴が上がり、ばたばたと足音が聞こえてきた。すぐにざわめきと悲鳴が広がり、あちこちから警察だ、１１９番だと叫ぶ声が続いた。

「ジュヨン、大変。外に、外にソウンが……」

ジュヨンは吸い寄せられるようにふらふらと廊下に出た。廊下の窓から大勢の生徒が顔を出して下を見ていた。

「どうしたの？　何があったの？」

ジュヨンが近づくと、何人かの子が道を開けた。みんな一様に恐怖におびえた顔をしていた。廊下の窓から首を突き出したジュヨンは、無残な姿で倒れているソウンを見つけて、その場にへたり込んでしまった。

「ジュヨン、大丈夫？」

大丈夫？　どうしよう……どうしよう……。みんなの声が、まるで水の中で聞いているように遠くに感じられた。ざわざわと耳に響いていた声が次第に遠ざかり、ジュヨンは深く深く水の底へと沈んでいった。


「どうして返事がないの。あなたも自分が犯人だと思うのかって聞いてるのよ」

「……」

ジュヨンは固く口をつぐんだ。キム弁護士が両手を組んだままジュヨンを見つめていた。

「ジュヨン。何があろうと私は自分を信じてるの。私は負けるゲームは絶対にしない。どういうことかわかる？　私があなたの弁護を引き受けたということは、あなたに罪があったとしても、無罪でなければならないってことだよ」

「……」

「警察はあなたがレンガでソウンを殴り殺したって言ってるけど、それはありえない。知ってる？　ソウンをあんな目に遭わせたレンガは、粉々に砕けてたのよ」

キム弁護士の言葉に、ジュヨンははっと息を飲んだ。ソウンがどれほど苦しんだかを考えると、ジュヨンは全身に鳥肌が立った。考えたくなかった。ぞっとした。あんなによく笑い、誰よりもジュヨンの気持ちをよくわかってくれた大事な友だちが死んでしまったことが、信じられなかった。

「警察の言う通りなら、あなたがものすごい力でレンガを振り下ろしたということになるけど。それって、十六歳、それも五十キロちょっとのあなたにできることかしら。それにもし可能だとしても、それはソウンが動かずにその場にじっとしていた場合に限るわ。だけど、自分の頭にレンガが振り下ろされる時にじっとしてる人なんているかな？　どこかにロープで縛りつけられてるんでもなければね。そう思わない？」

キム弁護士は、警察の取り調べの弱点をよくわかっていた。自分で言うように、絶対に負けるゲームなんかで時間を無駄にしない人だった。今回の事件も、必ず勝てると確信していた。

しかし、キム弁護士の言葉はもうジュヨンの耳に入ってこなかった。ジュヨンは唇を噛んだ。

「ごめんね、ジュヨン。私が悪かった」

謝っていたソウンの姿を思い出した。

ソウンだったら、ひょっとするとジュヨンが何をしようがじっとしていたかもしれない。ひざまずいて許しを請うていたその姿勢のまま。

8 コンビニの店長

ソウンのことを考えると胸が痛みます。どうしてこんなことになったのか、ホントに……。恐ろしい世の中だとしか言いようがないです。ほかの人たちがどう思っているか知りませんが、僕の知っているソウンは、とても優しくて真面目な子でした。

僕がここでコンビニを始めて十年になります。この商売をやっていて、いつも頭が痛いのはバイトのことです。十年間で、バイトは数え切れないほど変わりました。わかりませんけど、たぶん数十人にはなると思います。二十四時間フルで営業しているから、いつも僕がこうやって店に出てるわけにはいかないじゃないですか。バイトしたいと面接を受けに来る子たちは、最初は口ではしっかりやる、一生懸命やると言うんです。でも、そんな子たちの中で、本当に信用して任せられる子はめったにいません。僕がいないと、ここに座ってスマホゲームをしたり電話でおしゃべりしていて、お客さんが来ようが帰ろうがお構いなしなのはまだましなほうで、バックヤードに行って寝てくる子もいたんですよ。だからソウンみたいな真面目な子が来てくれて、どれほど助かったことか。

最初は、高校生をバイトに使うのはちょっとどうかなと思ったんです。シフトに穴が開いた時はピンチヒッターにも入ってもらわなきゃならないのに、高校生だと時間に融通が利かないじゃないですか。しかも未成年者はいろいろと制約がありますから。夜中に使うわけにもいかないし。

でもソウンがやってきて、どうしてもバイトしたいと言うんです。最初はダメだって断ったんですよ。夜十時、夜間バイトが来るまでの時間のバイトなんですけど、そんな遅い時間に女の子を一人で家に帰すのは危険だし、学生バイトがどれほど無責任に辞めていくかも知ってましたから。それでもあの子はにこにこ笑って、心配いりません、バイトが終わったらお母さんと一緒に帰るから大丈夫ですって言うんです。そこの交差点の焼肉屋で働いてるお母さんが、十時三十分に仕事が終わるそうで、お母さんが来るまでの三十分はただで働くって。

いやいや、そう言っていたっていうだけで、子どもを三十分もただで働かせるわけないでしょう。時間には帰しましたよ。お母さんが鉄板を拭いて片付けるのを手伝ってあげなさいと、十分くらい早めに帰すこともよくありました。

見てればわかるじゃないですか。よく笑って、きびきびしてて本当にいい子でしたよ。家も大変そうだし、ちょうどうちもバイトを探してたもんで、雇うことにしたんです。

一生懸命やってました。誠実で明るい子でねえ。お母さんにも優しい子でしたよ。お母さんと二人暮らしだったそうですが、大変でもいつも笑顔で頑張っている姿が、見ててホントに気持ち良かった。

　ある日、僕がスマホで防犯カメラを確認すると、酔っ払いが来てあの子にしつこく絡んでるんです。若い女の子が一人で店番をしているとうわさになってたんでしょうね。制服姿の高校生が来て、たばこを売れと大騒ぎしたこともありました。その女の子のことは今でも覚えています。

　ソウンと同じ学校の制服を着た子なんだけど、たばこを出せ、酒を出せと、どう見ても嫌がらせをしているようでした。ソウンがダメだ、ダメだと言うと、その子がここ、この陳列台のガムやチョコレート、グミなんかを、そのままポケットに入れてさっと出て行ってしまったんです。まったくあきれますよ。自分の友だちがやったことだからと、ソウンが全部払おうとするのを、僕が止めました。何が友だちだ。いったいどこの世界に、友だちがバイトしているところにやってきて、めちゃくちゃにしていく奴がいますか。とんでもないですよ。

　僕はそれ以来、一人じゃちょっと無理だと思いましてね。それで夜間のバイトに入ってる大学生に、一、二時間早く入ってもらうことにしました。ほかの人が一緒にいれば、そういうことも起こりにくいですから。

　え？　制服を着た女の子ですか？　ええ、もちろんです。防犯カメラの映像は消したりしてないので、探せばその時のが出てくると思います。ちょっとお待ちください。

ええと……。あ、これです。どうぞ。どう見ても、この制服の子がソウンに嫌がらせをしようとわざとやってるんですよ。ほら、ビールとか焼酎とか取り出してるでしょう。え？　プロデューサーさんがどうしてこの子を知ってるんですか。

えっ？　ソウンがあんなことになったのは、この小娘のせいなんですか？　いや、まだ容疑者だといったって、警察がわけもなく捕まえないでしょう。こんなクソガキ見たことない。じゃあ、こいつが前からソウンをいじめてたってことですか？

9 プロファイラー

「気分はどう？」

またあのプロファイラーだった。今度はジュヨンも容易に警戒を緩めなかった。プロファイラーは、自分にとげとげしい視線を向けるジュヨンを黙って見つめた。二人はしばらくの間、ひと言も話さなかった。

どれくらい経っただろうか。十分？　いや、三十分経っていたかもしれない。あれこれ聞かれるだろうと予想していたが、プロファイラーは何も言わなかった。しばらく沈黙が流れた末、結局ジュヨンが先に口を開いた。

「どうして何も聞かないんですか？」

「きみに申し訳なくてね」

意外な返事だった。

「考えてみたら、私に腹が立っただろうなと思って。正直に言うよ」

「……」

プロファイラー

「実は、この前きみに会うまでは、私もきみが犯人だろうと思ってたんだ。残忍にも友だちを殺していながら、ぬけぬけと違うと言い張る反社会性パーソナリティ障害がある子だって」

「……」

「この前会った時のこと覚えてる？　きみにソウンはどんな友だちだったのって聞いただろ」

「それが何ですか？」

「あの時、きみの目に涙がにじんでたよね。ソウンはどんな友だちだったのって聞かれただけで涙が出るほど、きみはソウンのことが大好きで、会いたいと思ってたんだね。そんな子がソウンを殺害した？　うーん、私は、可能性はすごく低いと思う」

「……」

ジュヨンは口をつぐんで何でもないふりをしたが、実はまったくそうではなかった。あの事件以来、自分の気持ちをわかってくれる人は初めてだった。

「じゃあ、いったい誰がソウンを殺したのか。犯人を探さなければならないんだけど、すべての状況がきみを犯人だと示してるんだ」

「私じゃないって言ってるじゃないですか！」

「わかってるよ。きみじゃない。だから、きみの協力が必要なんだ。本当の犯人が見つかれば、疑いも晴れて、きみもここから出られる」

「私は何も知りません」

ジュヨンの声が震えた。涙をこらえているのだった。ジュヨンはぎゅっと拳《こぶし》を握って涙を流さないように頑張っていたが、プロファイラーの言葉に、せきを切ったように涙がぽたぽたとこぼれ落ちた。

「早くここから出て、ソウンのお墓にも行かないとね」

「……」

「最後のお見送りに一番の親友が来なくて、ソウンがどれほど寂しかったことか。そう思うだろ？」

よほど強く噛んだのか、ジュヨンの唇は今にも血が出そうだった。涙で顔をくしゃくしゃにしながら、ジュヨンはソウンを思い出していた。

ソウンは寂しがり屋だった。ジュヨンと同じように。

「ソウンの葬式……たくさん人が来てましたか？」

ジュヨンはぜひそうであってほしいと願った。寂しがり屋のソウンの最後を、多くの人が見送ってくれたことを。

「ソウンは……家族もお母さんしかいません。友だちも……私だけです。一人でいるのをすごく怖がる子なのに……私が行けなくて……」

ジュヨンは、ソウンの葬式がどうだったか目に見えるようだった。葬式が終わる最後の日（韓国では葬儀は通常三日間行われる）まで、ソウンはジュヨンを待っていただろう。首を長くして、一番の親友がどうして自分の葬式に現れないのか怪訝に思いながら、ジュヨンを探していたかもしれない。いや、きっとそうに違いないとジュヨンは思った。

「私、一人でいるのが怖いの。お母さんがどこかに行ってしまって、二度と戻ってこないんじゃないかって思っちゃうの。小さい頃、お母さんが仕事に行くといつも一人だったから」

ソウンはよくそう言っていた。そのたびに二人は、お互いに絶対に相手を一人ぼっちにしない、死ぬまで一緒にいる友だちでいようと話した。しかし、ジュヨンはその約束を守れなかった。もし死んだのがジュヨンだったとしたら、ソウンはどんなことがあってもジュヨンの葬儀に来て、最後を見守ってくれただろう。

プロファイラーは何も言わずに、ただうなずいてジュヨンの話を聞いてくれた。固く閉まっていた蛇口が突然開いたみたいに、ジュヨンは泣きながら話し続けた。

「お母さん、お父さんは……私に関心がなかったんです。ほかの人に見せびらかすとき以外は、いつも一人ぼっちでした。ソウンに初めて会った時、ポツンと一人でいたのが……まるで自分を見てるみたいで、一緒にいてあげたいと思ったんです」

中学一年生。ジュヨンは、ほかの友だちになかなか話しかけられずに一人で座っているソウンが気になって仕方がなかった。

「それ以来ずっと、一番の仲良しでした。けんかして憎らしく思ったことはありますけど、殺したいなんて思ったことは一度もありません。なんで私がソウンを殺さなきゃいけないんですか？　本当に私じゃありません」

プロファイラーはゆっくりとうなずいた。わかったと言う代わりに、ジュヨンの手の甲をとんとんと軽く叩いて、ジュヨンが落ち着くのを待っていた。

「そうだね。真犯人を捕まえて、ソウンの無念を晴らしてやろう」

ジュヨンは唇を噛み締めながら、力なくうなずいた。誰がソウンをあんな目に遭わせたのか、必ず見つけなければならないと思うのは、ジュヨンも同じだった。

「あの日のことで何かほかに覚えてることはない？」

プロファイラーの問いに、弁護士に言われた通りに答えようかとも思ったが、ジュヨンは正直にありのままを話すことにした。

「ないです。いくら考えても思い出せません」

「あまりにひどいショックを受ければ、そうなることもあるよ。じっくり時間をかければ、また思い出すこともあるだろうから、そしたら話してくれる？」

ジュヨンは再びうなずいた。

「ソウンに彼氏がいたらしいんだけど。きみも知ってる人かな？」

プロファイラーの口から彼氏という言葉が出た時、ジュヨンは思わず顔をしかめた。その瞬間を、プロファイラーはもちろん見逃さなかった。

10 クラスメイト

私が話したってことは、ほかの人に絶対に言わないでくださいね。お願いします。こうやって何度来られても、たぶんうちのクラスの子は誰もインタビューに応じないと思います。みんなショックを受けてますから。それに話すのもちょっとね。気がとがめるというか……。

実は、みんなソウンを嫌ってたんです。ただ何となく。いえ。いじめてたとかそういうんじゃありません。ソウンがこんなことになる前に、ちょっとありまして。

学年の初めの頃は大丈夫だったんです。うちのクラスの雰囲気も良かったし、ソウンもほかの子たちと仲良くしてました。だけど……二学期に入って、ソウンに彼氏ができたみたいで、それから悪いうわさが広まったんです。ジュヨンとソウンはすごく仲が良かったんですけど、その頃から二人の様子がどうもおかしくなったんです。どうしたのかなと思ったら、ジュヨンがちょっとソウンを避けてたんです。

何があったのか誰だって気になりますよ。みんながあんまり何度も聞くもんだから、ジュヨンも仕方なく話したみたいです。事情を知れば誰か力を貸してくれるんじゃないかと思ったんでしょう、きっと。でもその内容がちょっとね……。

それが……ソウンに彼氏ができてからそうなったんですって。いや、けんかしたんじゃなくて、スキンシップがなくなったとかそんなことみたいです。彼氏は大学生だったと思います。そういえばお金の問題まであったそうです。

ソウンはお父さんがいなくて、お母さんと二人暮らしじゃないですか。お母さんが食堂とかで働いてなんとか暮らしてたみたいですけど、生活がすごく大変だったんですって。でもソウンは、困っている様子は全然ありませんでした。いえ、そうじゃなくて、ジュヨンが高い服やバッグやいろんなものをプレゼントしてあげてたんです。応援するよって。

正直、今ちょっとジュヨンの評判、良くないじゃないですか。でもうちのクラスの子たちは、そんなうわさは信じてません。ジュヨンがどれほどソウンを大事にしていたか、みんな知ってますから。みんなの話では、ジュヨンがプレゼントしてあげるまで、どうやらソウンは真冬でもダウンジャケット一枚持ってなかったみたいです。そういうところが、ジュヨンは本当に優しいんです。そうやって何でもくれる友だちがどこにいますか。

それなのに、ある日ソウンが、デートに着ていく服を買ってほしいとジュヨンに言ったんだそうです。映画を見に行くからお小遣いもくれって。厚意が続くとそれが当たり前だと勘違いしてしまうって言うけど、ソウンがまさにそうだったみたい。ソウンの彼氏も同じだったらしいです。ジュヨンの家は金持ちだから、お金をもらってもいいんだと言って、止めるどころかソウンにもっともらってこいと言ってたそうです。

そう聞いて、ソウンを見る目が変わりました。それで自然とソウンと仲良くする子が減り、話もあまりしなくなって、いじめというほどではないけど仲間はずれみたいな感じになったんです。ジュヨンがあんなに良くしてあげてたのに、男に目がくらんでいていくら注意しても無駄だったそうです。ジュヨンは必死にソウンの目を覚まさせようとしたと言ってました。

ソウンがこんなことになるなんて誰も思っていませんでした。ジュヨンがソウンを殺したというのも信じられません。正直、みんなジュヨンがそんなことをしたはずがないと思ってます。

え？　ソウンの彼氏の話は本当なのかって？　まあ……たぶん本当だと思いますよ。みんなそう言ってます。え？　いえ。ソウンに直接聞いたことはないですけど……。

そんなことどうやって聞くんですか。それもちょっとどうかと思うじゃないですか。

11 キム弁護士

「今日はちょっと嬉しい知らせがあるよ。クラスの子たちがあなたに有利な証言をしてくれたんだ」

キム弁護士が声をかけても、ジュヨンからは何の反応もなかった。日が経つにつれ、ジュヨンはますますぼうっとしている時間が長くなった。

「ソウンはあんまり評判が良くなかったんだって？」

キム弁護士は今回の情報にかなり満足している様子だった。ジュヨンは、キム弁護士が何を言っているのかすぐには理解できなかった。

「彼氏の問題でいろいろうわさになってたみたいだけど」

キム弁護士の言葉に、ジュヨンの顔がみるみる固まった。

「私、彼氏ができたの」

ソウンはもじもじしながら、顔を赤らめてそう言った。

「急に彼氏？　誰？」

「バイトの先輩」

「ホント？　よかったじゃん！」

最初はジュヨンも、ソウンが喜んでいるのが嬉しかった。寂しがり屋のソウンに、そばにいてくれる人ができたのはいいことだ。でも、そんな気持ちは長続きしなかった。ソウンは聞いているほうがイライラするほどよく笑い、はにかんで、何かというと「彼氏が、彼氏が」と口癖のように言った。ジュヨンと一緒にいるより、彼氏といるほうがずっと幸せだと言っているように見えた。ジュヨンはだんだん腹が立ってきた。

「ねえ、あんたバイト辞めなよ」

ソウンがバイトさえ辞めてくれれば。そうすれば、また自分とずっと一緒にいてくれると思った。しかしソウンは首を横に振った。

「うちのお母さん一人で大変でしょ。私もお金を稼がないと。コンビニの店長もすごくいい人だし」

「お金なら、私があげるから」

「なんで私があんたからお金をもらうわけ？」

「じゃあ、今まであんたにあげた服や靴は、お金じゃないの？」

「それは、あんたがいらないって言うから……」

ジュヨンは、まるでおもちゃを奪われた子どものようにへそを曲げた。

ソウンの時間はすべてジュヨンのものだった。塾の前にいて、のひと言で、ソウンは塾の終わる時間に合わせて塾の前でジュヨンを待っていた。そして一緒にご飯を食べて、飲み物を飲んで、おしゃべりをした。ところが、ソウンがあのいまいましいコンビニバイトを始めてから、何もかも変わった。

あとで八時までに来て。ご飯食べよう。

ごめん！　私、今日バイトTT

ソウンはいつもバイトで忙しかった。学校が終わるとすぐに走っていき、週末もピンチヒッターをしなければならないと言ってバイトに行った。ジュヨンは、また一人になったような気がした。

「あ、ジュヨン！」

コンビニに行ってみると、ソウンは嬉しそうににっこり笑った。しかしジュヨンは、もうソウンの笑う顔も見たくなかった。

「たばこちょうだい」

「え？」

「何度も言わせないで。聞こえなかった？　たばこちょうだいって言ってるの」

ジュヨンはかっとなって、冷蔵庫から焼酎とビールを両腕いっぱいに抱えてきた。

「これとたばこ、一緒に会計して」

ソウンは、もう笑わなかった。

「どうしちゃったの。なんであんたがお酒なんて買うの」

「あんたに関係ないでしょ。早く会計してよ、イライラするなあ。そのためにここに立ってるんじゃゃないの？」

ソウンは怒ることも、やめろと言うこともしなかった。ジュヨンは、そんなソウンがなおさら気に食わなかった。もし何やってるのと怒鳴っていたら、ジュヨンも同じように大声を出していただろう。そして、寂しい、あんたがバイトしてる間、彼氏と会ってる間、私はずっと一人で寂しくてしょうがない、そう言っていたかもしれない。でもソウンは、ジュヨンにそんな機会さえくれなかった。

レジから出てきたソウンが、何も言わずに酒を元の場所に戻した。ジュヨンは唇を噛んだ。何事もなかったようなソウンの態度がしゃくに障った。

怒りを抑えられなくなったジュヨンは、置いてある商品をあれこれ目につくままポケットに突っ込んで、コンビニを出て行った。ソウンがシフトに入っている時に商品がなくなったと、コンビニの店長が激怒してソウンをクビにするといいなと思いながら。

「どうしたらいいんだろう。いくら言っても、ソウンが私の言うことを聞いてくれないの」

「彼氏ができて、あの子変わっちゃったよ。デートするから服を買ってとか言ってくるし」

ジュヨンは、そうとは気付かれないようにさりげなくソウンの悪いうわさを流した。ほかの子たちがソウンを悪く思うようになれば、ソウンがまた戻ってくるだろうと思った。初めて出会った中一の頃みたいに。私がいなかったら、あんたはまたいじめられっ子に逆戻りだということを教えてやりたかった。私にとってあんたが必要であるように、あんたにとっても私が必要なんだと。


「ソウンはもともとみんなにあんまり好かれていなくて、あなたはそんなソウンの面倒をよく見てたって聞いたよ。お金のないソウンにお小遣いをあげたり服をあげたり、ソウンのお母さんがやってあげられないことまであなたが気遣ってあげてたって」

「……」

「偉かったね。それはあなたがソウンと親友だったっていう証拠になるよ」

キム弁護士は、書類をめくりながら満足そうな笑みを浮かべた。ジュヨンはぼうっと机の角を見つめた。

「違うんです」

11 キム弁護士

　ジュヨンの言葉に、キム弁護士がどういう意味かというように顔を上げた。ジュヨンは、相変わらず机の角のほうをぼんやり眺めながら話を続けた。

「ソウンはそんな子じゃありません。お小遣いをあげたっていうのも全部うそです」

「え？」

「私がみんなについたうそなんです」

　ソウンは死ぬまで、いや死ぬ瞬間にも、ジュヨンがそんなうそを言いふらしたなんて知らなかっただろう。ジュヨンはそれが気がかりだった。ソウンが死んでいなくなった今この瞬間も、自分のついたうそを誰かが信じているということが、いつまでもソウンをそういう子だと記憶しているだろうということが。

「私はソウンがほかの子と仲良くしてるのが嫌だったんです。彼氏ができて嬉しそうなのも腹が立ったし、私がいなくても楽しそうにしてるのが気に入らなかったんです。だからうそをついたんです」

　ジュヨンの言葉に、キム弁護士は苦虫を噛みつぶしたような顔になった。唇を噛んで眉をピクピクさせ、不満そうな目でジュヨンをにらみつけた。

「二度とその話はしないで。誰にも言っちゃダメだよ」

「どうしてですか？」

「あなたがソウンに悪感情を抱いて、わざとそんなうわさを流したなんて聞いたら、みんなどう思うかな？　ああ、そうだよね、その年頃には誰だって嫉妬したりうわさを流したりするもんだよ、そんなふうに思ってもらえると思う？」

「……」

「検事が息巻いてたよ。あなたに十年を求刑するって、十年。十年っていったら少年法の最高刑だよ。十年後の自分の人生について考えたことある？」

「でも、事実ではないじゃないですか」

「何が？」

「ソウンについてのうわさですよ。全部私が流したうそで、事実じゃないんですから」

「何言ってるの。みんなが信じれば、それが事実になるんだよ。ファクトは重要じゃないの」

「みんながホントにソウンをそんな子だと思ったらどうするんですか？」

「チ・ジュヨン。しっかりしようよ。あの子は死んだんだよ。もう関係ないでしょ。ソウンはソウン。あなたはあなたの人生を生きなきゃ。あなたは、ソウンをいじめてたんじゃなくて、よく面倒を見てあげていたっていうことが、今回の裁判でどれだけ有利な証言かわかってる？あなたはこんなところで十年無駄に年を取りたいの？　お母さんお父さんのことも考えないと。よく考えて行動しなさい。しっかりして。私の言ってる意味わかるでしょ？」

ジュヨンはもう何も言えなかった。有利な証言。事実をありのまま話せば、自分に不利になるかもしれないのだ。

11 キム弁護士

有利な証言。うそにまみれた有利な証言……。

12 ソウンの彼氏

はい、そうです。僕がネットに投稿しました。

警察が調べているんだからちゃんと解決するだろう、死んだソウンの無念も晴らされるだろう、そう思っていました。でもネットには、ソウンについての変なうわさが広まっていました。本当に口にするのもはばかられるようなことを好き勝手に言われて、これ以上黙っていられませんでした。

ソウンとは、コンビニのバイトで知り合いました。最初は、彼女がまだ高校生ということで気にかけてあげてたんです。いろいろ面倒を見ているうちに、しょっちゅう連絡し合うようになって……いつの間にかお互い好きになってました。ホントに優しくてかわいい子なんです。

プロデューサーさん、僕は、あんないい子は見たことがありません。心がものすごく温かくて、ただ一緒に話をしているだけで幸せになる、そんな子でした。お一人で大変だったでしょうに、お母さんはソウンを本当にいい子に育てられたと思います。

そんな子に対して、どうしてこんなありえないデマをまき散らすことができるのか、理解できません。彼氏が裏で操ってるとか、ほとんど泥棒だとかなんとか。ありとあらゆるうわさが飛び交っています。そんな根も葉もないことを言いふらすなんて、本当に怖いです。

　いったい誰にそんなありえない話を聞いたのかとコメントしたんです。最初は何の返事もありませんでした。だから僕は名誉毀損《きそん》で告訴すると言ってやりました。ありえないでたらめをネットに投稿して、それを事実であるかのように広めている奴らに。それが本当に事実なら、カカオトークでも写真でも何でもいいから、証拠を持ってこいと言いました。誰も持ってこられませんよ。事実じゃないんですから。そしたら、チ・ジュヨンの名前が出てきたんです。それを見て、誰かに頭をぶん殴られたようにくらっとしました。

　チ・ジュヨンのことはソウンから何度も聞いていました。いつもジュヨン、ジュヨンって口癖のように言ってたんです。あんまり仲がいいと言うので、僕も仲良くなろうと思って一度会ったことがあります。

　最初からちょっと変でした。あの子、僕の目の前でソウンを自分の召使いのように扱うんです。飲み物一つ飲むにも必ずソウンにストローを持ってこさせ、何かこぼしたらティッシュを持ってきてと言い、カフェでトイレに行く時もどこにあるか、きれいかどうか確認してきてって見に行かせるんです。ソウンはただ言われるままに全部やって。

　腹が立ちました。大切なソウンがそんなふうに扱われているのを見て、腹が立たないはずがないでしょう。ソウンが席を外した時に、どういうつもりなんだ、と問い詰めました。ところがあの子は、僕が怒ってるのを知ると、もっとそういうことをするんです、わざと。ホントに最低な子だと思いましたよ。

召使いでもないのにどうしてそんなことするんだ、あの子に変なこと命じられてもやるなってソウンに言いました。でもソウンは大丈夫だって言うんです。寂しくてあんなことしてるけど、ジュヨンは本当はいい子なんだって。両親もいて家も金持ちなのに、何がそんなに寂しいんだと聞くと、心が寂しい子なの、私よりずっと寂しい子なのって。

プロデューサーさん。

僕はソウンが大好きでした。手をつないだだけでドキドキしました。目が合っただけで嬉しくて、守ってあげたい、一緒にいてあげたいと思う、そんな子だったんです。借金しか残さなかったお父さんだけど、お父さんに会いたいといつも言ってました。貧しくて、みんなが行ってる塾にも通わせてくれられないお母さんだけど、お母さんの娘で幸せだって言うような子でした。

優しすぎるから、だからあんなに早くあの世に行かなきゃならなかったんじゃないかと、時々思ったりもします。こんなことになるんなら、もっとソウンと一緒にいたかった。もっと力になってあげたかった。一日に何千回も後悔するけど……今となっては、僕にできることは何もありません。

ソウンをあんな目に遭わせたあの子。必ずちゃんと処罰してほしいです。

13 プロファイラー

「今、ＳＮＳにソウンの話が出回ってるの知ってる？」

プロファイラーの問いかけにジュヨンは、どういうこと？という顔をした。

「あ、知らないんだね。とにかくあまりいい内容じゃないんだ」

「どんな内容なんですか？」

「ソウンが知ったら悲しむような話」

プロファイラーは、残念な知らせを伝えなければならないというようにしばらくためらっていたが、話を続けた。

うわさは、最初にジュヨンの口から出た時より、はるかに恐ろしいものになって広がっていた。真実ではない言葉が、ジュヨンの頭にずしんと叩きつけられた。

言うべきだとはわかっていた。それは全部デマだと、私がでっち上げたうそなんだと。でも……。

「どれだけ有利な証言かわかる？」

キム弁護士の言葉が頭に浮かんで、ジュヨンは口をつぐむしかなかった。

「みんなホントひどいよな。死んだ子のことをなんでそこまで言えるのか」

「……」

ジュヨンは、嫌いなおかずを無理やりのみ込む子どものように、喉まで出かかった言葉を何とかのみ込んだ。プロファイラーはそんなジュヨンをじっと見ていた。

「ジュヨン。きみはソウンの面倒をよく見てあげてたんだって？」

「……」

「服や靴、バッグまでプレゼントしてあげてたんだってね。お小遣いたくさんもらってたんだね」

ジュヨンは深くうなだれた首を横に振った。

「ただ私が使わないものをあげただけです」

ジュヨンは、何でも有り余るほど持っていた。服、バッグ、靴。望んでいようがいまいが、必要であろうがあるまいが、母親は次から次へと新しいものを買ってきた。サイズの合わない靴も多かった。二十四センチのスニーカーは、親指を曲げないと履けなかったのに、母親はそんなことさえ知らなかった。

「うわあ、ホントに靴がいっぱい」

ジュヨンの家に遊びに来た時、ソウンはうらやましがってそう言った。

「あんた足何センチ？　ちょうどいいのがあったらあげるよ。持ってって」

「いや、いいよ。これみんな高いんでしょ」

「どうせ小さくて履けないから」

ソウンの足は二十三・五センチだったが、小さめに作られたスニーカーは二十四センチでもぴったり合った。

「ホントにもらっていいの？」

「もちろん。私、着ない服もいっぱいあるんだけど、ちょっと見てみる？」

ソウンは目を丸くして首を横に振った。何かものすごいものでもプレゼントされたみたいに。まるで宝の山を持っていけと言われたみたいに。ジュヨンは、大したことでもないのに感動して喜ぶソウンを見るのが好きだった。

「ほら」

最初に靴をあげた時みたいに、お金をあげたらソウンが喜んでくれると思った。ところが、五万ウォン（十ウォンは日本円で約一円。五万ウォンは約五千円）を差し出すジュヨンに、ソウンは頑《かたく》なに首を横に振った。

「いや、お金はいらないよ」

「受け取ってよ。あんた、お金ないでしょ。私が買ってあげなきゃトッポッキも買えないんだから」

　ソウンは一瞬黙った。その短い時間、ソウンがどんな気持ちだったか、どんなことを考えたか、ジュヨンは想像することさえできなかったはずだ。

「ホントにいらない。じゃあ、ラーメンおごってよ」

　強引にお金を差し出すジュヨンに、ソウンはコンビニのカップラーメンをおごってほしいと言った。しかもおごってもらってばかりでは申し訳ないからと、二回おごってもらったら、次の一回は自分が払うと言った。ジュヨンは、カップラーメンを買うために、まるで貯金箱の中身をそのまま持ってきたみたいに、じゃらじゃら小銭で支払いをするソウンが気に食わなかった。カップラーメンを買って食べる数千ウォンのお金が欲しいとお母さんに言うこともできないのか。


「ソウンの彼氏だという人の書き込みがネットにあったんだよ。ソウンに関する良くないうわさは、全部誰かが悪意で広めたうそだって」

「よかったです」

　プロファイラーは、どこかくたびれた様子のジュヨンをじっと見つめた。プロファイラーの片方の眉が一瞬上がって下がったのを、ジュヨンは気付かなかった。

「よかった？」

「ソウンはそんな子じゃないですから」

「そうか。じゃあジュヨン。誰がソウンについてのデマを流したんだと思う？」

「え？」

プロファイラーは、ジュヨンの表情が変わったその瞬間を見逃さなかった。ぼうっとした顔から、警戒心でいっぱいの顔へ。

「調べてみたら、きみと同じ学校の生徒たちの書き込みだった。きみは誰がそんなうわさを流したんだと思う？」

ジュヨンは答えなかった。代わりに、どこか気まずそうな硬い表情でプロファイラーを見つめるだけだった。

「誰かわからないけど、ソウンについて良くないうわさを流したのなら、普段からソウンを嫌ってた子だと思うんだ。その子が犯人の可能性もあるだろ」

プロファイラーの言葉に、ジュヨンはとっさに目を伏せた。目を合わせたくなかった。そのうわさを流したのが自分だとばれてはいけないと思った。

有利な証言。

ジュヨンの頭の中は、キム弁護士の言ったその言葉でいっぱいだった。有利な証言。ここから出られる証言。自分がソウンを殺したのではないという証言……。

「ソウンの彼氏が言ってることは本当なのかな？」

「……」

「ちょっと気になってね。きみはどっちが正しいと思う？　ネット上に流れているうわさと、ソウンの彼氏の言ってること」

ジュヨンは今度も答えなかった。ソウンの彼氏。あの男のことを考えるとイライラして血が逆流するようだった。あいつ何だよ。私よりソウンのこと知らないくせに。

プロファイラーは黙っていた。ただジュヨンをじっと見ているだけで、返事を待っているふうでもなかった。

どれくらい時間が経っただろうか。しばらくしてプロファイラーがおもむろに口を開いた。

「きみ、ソウンが好きだったの？」

これはまたどういう意味だろう。ジュヨンは聞き返すようにプロファイラーを見た。

「友だちとしての好きじゃなくて、ソウンを愛してたのかって聞いてるんだ」

14 クラスメイト

もうホントに、何なんですか？　昨日もおばさんが来てしつこく聞かれたばっかりなのに。誰って、ソウンのお母さんですよ。知ってることがあったら教えてほしいって。私たちが知っていることなんて何もありませんよ。みんなただただびっくりしているだけです。

正直、ソウンのお母さんがあんなことしてるのが理解できないんです。ソウンのことなんか放ったらかしだったくせに。いくら食べていくのが大変だからって、たった一人の娘が学校生活がうまくいっているか、何をしているのか、それくらいは知っとくべきなんじゃないですか？　無責任すぎる。そんなに貧しいなら、子どもを生まなきゃよかったんですよ。ソウンは泥のスプーンの中でも最底辺でしたから。問題集を買うお金も渡してたかどうか。修学旅行のお金だってジュヨンが出してあげたって話ですよ。

ソウン、いつもジュヨンにもらったお金で問題集を買ってたんです。先生も気の毒がって、たまにあげたりしてました。うわさですけど、ソウンはお母さんに、勉強なんていいから、さっさと卒業して働けって言われてたらしいですよ。どうせ大学に行かせるお金もないからって。

ソウンからすれば、ジュヨンの両親は救いの神ですよ。頑張って勉強すれば大学の授業料も払ってあげるって言ってたそうです。娘の友だちにそこまでしてくれる家《うち》がどこにありますか？

私なんて大して知ってるほうじゃないですよ。このくらいは、うちのクラスの子はみんな知ってます。うわさですか？　ソウンのうわさのことをどうして私に聞くんですか？　だから、あの子がお金を盗んでたかどうか知らないけど、そんなことをなんで私に聞くんですか。

え？　名誉毀損？　ソウンの彼氏が、ネットに投稿した人を捜しだして訴えるって？　プロデューサーさんが直接聞いたんですか？　ホントに訴えるんですかね？　訴えられるとどうなるんですか？

ふうん。ちなみに、誰が何て言ってるんですか？　いや、ちょっと気になって聞いてるだけですけど。ネットにソウンのことを書いたのは私だけじゃないですよ。うちのクラスでSNSやってる子は、みんな書いてると思います。あ、知りません。私は何もお話しすることはないですから。ホントに何なんですか？　知らないって言ってるじゃないですか。しつこいなあ、まったく。

15 ソウンのお母さん

貧しいなら子どもを生むな。

無責任に吐き出されたその言葉が、ソウンのお母さんの胸に刃《やいば》のように突き刺さった。切り刻まれ、踏みつけられて、ずたずたになった心を抱えて、お母さんは毎日学校を訪ねた。もう娘は通えない学校だけれど、花より短い人生を終わらせることになった場所だけれど、ソウンのお母さんは一日も欠かさず学校に通い詰めた。

「お母さん、お母さんのお気持ちはよくわかりますが、ここは学校ですから。ただでさえ、今回のことは子どもたちのトラウマになっています。お母さんが何度もいらしてあれこれ聞いたりされると、子どもたちをさらに苦しめることになるんです」

先生たちは、ソウンのお母さんが学校に来るのを嫌がった。

「お願いです、先生。うちのソウンに何があったのか、それを知りたいだけなんです。どうかお願いします」

「お母さん、こんなことがいつまでも続くと困るんです」

ソウンのお母さんは、まるで日照りの続いた地面のように干上がっていた。血の気のない顔で、唇はひび割れて白く皮がむけていた。一人娘を亡くした母親の姿は、しおれきった植物のようだった。

貧しいなら子どもを生むな。

そんなことを言われるために、ソウンを生んだわけではない。ソウンのお母さんも昔は若く、生き生きと輝いていた。ソウンのお父さんもそうだった。裕福ではなかったけれど、たった一人のわが子を立派に育てる自信はあった。

「女の子だって」

おなかの中の赤ちゃんが女の子だとわかった時、お父さんは顔をくしゃくしゃにして泣き出した。もし男の子だったとしても、同じように涙を流していただろう。

「どうして泣いてるの？」

「嬉しくて。幸せすぎて」

ソウンのお母さんはそんな生活がずっと続くと思っていた。広くはない家だけど三人で暮らしていくには十分だったし、豊かでなくてもいつも笑いの絶えない家庭をつくれると思っていた。二人は大きなおなかをなでながら、もうじき生まれてくる赤ちゃんにいつまでも話しかけていた。親になる男と女が交わす言葉は、幸せな未来のことばかりだった。

白い肌に小さな唇、ソウンは生まれた瞬間から奇跡そのものだった。二人によく似た小さな赤ん坊が、手足をもぞもぞさせたり唇をもぐもぐさせるのを見ているだけで、一日中幸せだった。

貧しいなら子どもを生むな。

ソウンに心を配ってやれなくなったのは、突然の夫の交通事故のためだった。一瞬にして意識が戻らなくなった夫を、妻はどうしても諦められなかった。

あんなによく笑って優しかった人を、一緒に未来を夢見ていた人を、何があっても怒ったことがなかった人を、「回復は難しい」という医者のひと言で諦めることはできなかった。ソウンが五歳の時のことだった。

それからは、どんなに一生懸命働いても、借金は手の施しようもなく増えていくばかりだった。それでも、ソウンのお母さんはくじけなかった。髪が真っ白になっても手をつないで歩こうと言っていた夫だったから。意識はなくても、それでも生きていてくれたから。

幼いソウンは、自宅より病院で過ごす時間のほうが長かった。毎日のようにお父さんのかたわらに横になって、一人でおしゃべりをした。

ソウンは、その頃のことを一つも忘れずに覚えていた。お父さんが大きく息をしたこと、伸びた爪を切ってあげたこと、少しずつ痩《や》せていったことまで。ソウンはいつかお父さんがガバッと起き上がって、前みたいに自分を抱き上げてくれるだろうと信じていた。

「おお、おまえ、大きくなったなあ。こんなに重くなって」

いたずらっぽく言うお父さんのざらざらしたひげに顔をこすりつけて、キャッキャと笑う日が来るのをずっと待っていた。

しかし、ついにそんな日は来なかった。なんでそんなに早く死んでしまったの？　お母さんと私はこれからどうしたらいいの？　いつも悔しい気持ちでいっぱいだったけれど、天国にいるお父さんが悲しむだろうと、そんなことは考えないようにしていた。ソウンはそんな娘だった。

貧しいなら子どもを生むな。

平気でそんなことを言う人がいるけれど、それは簡単に言ってはいけない言葉だった。お父さんがいた頃はどんな小さなことにも感じていた家族の幸せの記憶を踏みにじる言葉だった。

貧しいなら子どもを生むな。

何も知らない人が無責任に吐き出す言葉に傷ついたお母さんは、張り裂けそうな胸を叩いていつまでも自分を責めるだろう。貧乏だと言われて友だちに仲間はずれにされてきた優しい娘に、胸が押しつぶされるほど申し訳なく思うだろう。

貧しいなら子どもを生むな。

少なくともそれは、娘に先立たれて人生のすべてを失った母親に言ってはいけない言葉だった。

どうしていいかわからないお母さんは、学校を訪ねて誰彼かまわず捕まえて、どうか助けてほしい、娘をあんな目に遭わせたのは誰なのか知っていたら教えてほしいと、ただ訴え続けるしかなかった。

16 中学時代の塾の同級生

うわっ、うちのお母さんに知られたらやばいよ。インタビューは絶対に受けるなって言われてるんです。家の値段が下がるっていつも言ってます。静かになるまで、余計なこと話すなって。ホント、どうしよう。

知ってますよ。中学の時から知ってます。塾も同じでした。ありえませんよ、私があんな子と仲がいいなんて。チ・ジュヨンは性格が悪いから、あんまり話したことはないんですけど、うちのお母さんとあの子のお母さんが仲いいんです。

私は前からずっとチ・ジュヨンが大嫌いでした。どうしようもない猫っかぶりですよ。あ、すいません。口が悪いのはいつもの癖で、つい出ちゃうんです。悪口は全部カットしていただけますよね？

昔からあの子はそうでした。中学の時、同じ塾に通ってましたけど、その時もおかしかったんです。二重人格っていうか。もちろんほかの子だって、先生に対する態度とみんなに対する態度は違うことは違いますよ。でも、チ・ジュヨンは度はずれてました。あるじゃないですか。

俳優が演技をする時、カットがかかると顔がぱっと変わってまったく別人みたいになるの、わかりますよね？　チ・ジュヨンはまさにそんな感じだったんです。

大人たちはみんな、チ・ジュヨンが賢くていい子だと思ってました。うちのお母さんも口癖のように言ってました。いい子なもんですか、何も知らないで言ってるだけですよ。今になってみんな、チ・ジュヨンが怖かったとか、最初からちょっとおかしかったとか言ってるけど。あ、これ言ってもいいのかな。中学の頃、塾で一度問題になったことがあるんです。ある先生がチ・ジュヨンの胸を触ったとかで、ホントに大騒ぎでした。チ・ジュヨンは悲しそうにわあわあ泣いて、院長先生は目をむいてましたよ。あの子の両親は地元じゃ有力者だから、うわさになったらおしまいじゃないですか。その先生は、触ったんじゃない、あんまり言うことを聞かないから、軽く肩をぽんと叩いただけだって言ってたけど、そんな言葉、誰が信じますか。

その先生、みんなの前で謝罪させられて、すぐクビになりました。その時ですか？　もちろん、みんなチ・ジュヨンの味方でしたよ。あんな優等生に反抗されるなんて、その先生はどれだけ信用されてなかったんだろうねって、うちのお母さんも言ってました。でも私、先生が本当は何も悪いことしてないって知ってます。その日、チ・ジュヨンと二人でいるところを、私は廊下から全部見てたんです。

あの子が先生に呼ばれて叱られることなんてめったにないから、ちょっといい気味だと思ったんです。だから叱られるのを見てやろうと、こっそり覗いてたんだけど……。胸を触ったとか、そんなことはまったくありませんでした。ホントにこの目で全部見たんですから。先生が叱っていると、チ・ジュヨンが突然激昂《げっこう》して、私が黙ってると思うのかと叫んで部屋を飛び出したんです。そして先生に胸を触られたと、いかにも悲しそうに泣き出しました。ホントに、あの時は現場を見ていた私でさえ信じそうになりましたから。演技派ですよ。

このことはほかの人は知りません。どうしてかって？　その時私が、チ・ジュヨンがうそをついてるんだと本当のことを言ってたら、みんな私の言うことを信じたと思いますか？　絶対、あの子の言葉を信じて私の言葉は信じなかったと思いますよ。それにもしそんなことしたら、あの子にどんな濡れ衣を着せられてたかわかったもんじゃないですよ。

その先生には、申し訳ないと思ってます。でもそれ以上にチ・ジュヨンが怖くて。はい。私はホントにあの子が怖いんです。あの日からあの子とは目も合わせられません。

17 担任の先生

この間までは教師でした。今は違います。あの事件の後辞めたんです。今も精神科に通って治療を受けています。自分のクラスの生徒があんなことになったのに、私に先生をやる資格なんてありません。

事件の後、しばらくは眠れない日が続いて、胸が苦しくて、何も手に付きませんでした。考えてみれば、私は教師として何もできていなかったんです。

実は……私、わかっていたんです。ソウンがクラスの友だちからのけ者にされてること。お恥ずかしいですが……気付いてないふりをしていました。ジュヨンはどうして急にソウンにあんな態度を取るようになったんだろうとは思いましたが、まあそのうち止めるだろうと考えていました。ジュヨンは成績のいい子でしたし、ご両親もなかなか気難しい方たちだったので、触らぬ神にたたりなしと思って。

知らなかったことにすればいいんだ。あと何か月かやり過ごせば、進級してもう私には関係なくなる……情けないことに、そんなふうに思っていました。

本当にソウンのお母さんは今も……学校に行ってるんですか？

うわさは聞きました。私は精神を安定させるためにずっと病院に通っていて知らなかったんですけど、ジュヨンが違うって言ってるそうですね。自分がやったんじゃないって。ジュヨンのご両親はずいぶん有名な弁護士を雇ったと聞きました。なんとまあ……。

私は、人のことをとやかく言えるような人生は送ってきていないし、先生をやる資格もないってことはよくわかってます。でも今回のことは、これ以上ただ黙って見ているわけにはいかないと思いました。ソウンに申し訳ないし、恥ずかしいですから。

あの日、私は見たんです。校舎の裏からジュヨンが走ってくるのを。はい、本当です。模擬試験の日だったので、普段より早く終わりました。みんな帰ってしまって、学校には何人かだけが残って勉強していました。ところが、なぜか校舎の裏側の出入口からジュヨンが走って入ってきました。そこはほとんどほったらかしになってる場所で、汚いし危険だから誰も行かないんですよ。そんなところからジュヨンがあわてて校舎に入ってきて、階段を上がっていったのであれっと思いました。

でも少しするとジュヨンが、バッグを持って駆け下りてきたんです。まるで誰かに追われてるみたいでした。バッグのファスナーもちゃんと閉まってなくて、ペンケースや試験の問題用紙を落としてるのにそのまま走って行きました。後ろから私が大声で呼んでも気付かないんです。ちょっと変だなとは思いましたが、まあ試験ができなかったんだろう、くらいにしか思いませんでした。

　何の弁明の余地もないことはわかってます。何かあったのかと聞くべきでした。校舎の裏の空き地に行ってみればよかったんです。ジュヨンに電話することだってできたし……。いや、するべきでした。もしそうしていれば、ソウンはもうちょっと早く発見されていたでしょう。そうしていれば、ひょっとしたら……そうしていれば……。

　いえ、大丈夫です。ソウンの話をするのはちょっとつらいですね。インタビューはこれくらいでいいですか。まだ通院中ですので……。必要でしたら私も参考人として証言するつもりです。誰であろうと、悪いことをしたなら当然罰を受けるべきですから。

18 キム弁護士

「はあ！　先生ともあろう人が、こんなことを言うとは」

弁護人席のキム弁護士はいらだたしげに書類をめくった。ジュヨンの担任の先生が決定的な証言をしたからだ。死んだ子だけが大事な教え子で、生きている子は大事ではないのか？

一回目の公判が始まって間もなく、ジュヨンの担任の教師が証人として出廷した。公判が開かれる何日か前には、一方的な内容のテレビ番組まで放送された。モザイクと音声加工だらけのその番組は、二人の中学時代の同級生から今のクラスメイトまで引っ張り出して、悪意があるとしか言いようのない話を垂れ流した。

十六歳の少女はなぜ親友を殺したのか。あの日、学校で何が起こったのか。刺激的な言葉で視聴者の興味をかき立て、確認されてもいない証言をさも真実であるかのように伝えた。少なくとも、キム弁護士の目にはそう見えた。

人々は怒り、少年法を廃止せよという世論が沸騰した。大統領府のホームページの掲示板には書き込みが殺到し、もう安心して子どもを学校に預けられないと抗議の声が上がった。いつもそうであるように、怒りは理性を麻痺させた。

検事は、ジュヨンがソウンを奴隷のようにこき使っていたという証言を取り上げた。

「いじめにあって苦しんでいた亡くなったパク・ソウンさんは、友だちになってあげると被告人に言われて、この世のすべてを手に入れたくらい幸せだったでしょう。しかし、被告人は純粋な意味での友だちとして近づいたのではありませんでした。友だちになってあげる代わりに、自分がしてと言うことは何でもするよう言ったのです。使い走りはもちろんのこと、一緒に遊んでもいい友だちといけない友だちを選別するなど、子どもにはありえない陰湿なやり方で被害者を苦しめました」

検事の主張は、「実の姉妹のように貧しいソウンの面倒を見た」というキム弁護士の主張を真っ向から否定するものだった。検事はピリオドを打つように、陳述をこう締めくくった。

「被告人は、自分がいらなくなった物を、まるで捨てるように被害者に渡しました。そして被害者を奴隷のようにこき使ったのです」

キム弁護士は唇を噛んだ。裁判の行方は楽観を許さなかった。

無邪気な羊の顔をして悪魔のように執拗にソウンを苦しめてきたという検事の主張と、ただ友だちのための善意の行動だったというキム弁護士の主張が鋭く対立した。

真実は何なのか。ジュヨンも、もう何が真実なのかわからなくなった。

ある瞬間から、すべてがいたずらのように感じられた。ソウンがジャーンと現れ、ドッキリだったと言いそうな気がした。その時ジュヨンは、ソウンを抱きしめて、今までどこにいたのと言えるだろうか？　なんでそんないたずらをしたの、すごく怖かった、と言えるだろうか？

いや。

ジュヨンは決して、ソウンを許せないだろう。

私をからかったの？　あんたなんかがこの私を？　からかって面白かった？　気分良かった？

ソウンに対するジュヨンの怒りは、どんどん大きくなっていった。

あんたのせいよ。あんたさえいなかったら、こんなことにならなかったのに。いったいどうして、私の人生に現れて私をこんなに苦しめるの？　どうしてよ！

公判で、なぜこんなことが起きたのかさっぱりわからないと涙で訴える予定だったジュヨンは、担任の先生の証言に、狂犬病にかかった犬のように吠えまくった。

「私がやったんじゃないの！　違う、私じゃない！　ホントにそんなことしてないんだってば！」

とんでもない失敗だった。ジュヨンが、怒ると理性を失って、後先考えないで行動する子だと判事に見せつける結果になった。しっかりしなければ。キム弁護士は、絶対に相手のペースにはまってはならないと自分を奮い立たせた。

「証人はあの日、校舎の裏から走ってくる被告人を見たと言いました。では、被告人が立ち去った後、証人はその空き地に行ってみたんでしょうね？」

「……いいえ」

「証人ははっきり、バッグのファスナーが開いていたことにも気付かずに走っていく被告人の姿を見て変だなと思ったと証言しました。教え子がそんなおかしな行動をしているのを見たのに、どうして空き地に行ってみなかったんですか？」

「……」

担任の先生は何も答えられなかった。大したことではないだろう、と見て見ぬふりをしていたことが悔やまれた。

「証人の言う通り被告人の犯行だったとすると、あの日証人が校舎の裏の空き地に行ってさえいれば、被害者は今も生きていたかもしれませんね」

「裁判長、異議あり」

キム弁護士の言葉に、担任の先生の顔は青白くこわばり、検事は異を唱えた。しかし、キム弁護士は止まらなかった。流れを変える絶好のチャンスだった。

「裁判長。一人の子どもの人生を、推測だけで判断してはいけないと思います。人はみな、それぞれの目を持っています。被告人が善意でした行動も、ほかの誰かの目にはおためごかしにしか見えなかったかもしれません。大事なのは、被害者が被告人をどう思っていたかということです。メッセージのやり取りを見ても、被害者の被告人に対する怒りや憎しみといった感情はどこにも見受けられないのです」

キム弁護士は自信たっぷりの表情で、最後の訴えをするように言葉を続けた。

証言した担任の先生が目撃したことは事実だ。被告人は被害者を待っていて、ずいぶん遅れてやっと被害者が来たが、怒った被告人は被害者を残して家に帰った。バッグが開いているのも、後ろで先生が呼んでいるのも気付かないほど腹が立っていた。携帯電話のメッセージからもわかるように、被害者は被告人に対して何か大きな過ちがあった。現在、被告人は大きな精神的ショックとストレスのためあの日のことを思い出せない状態だが、だからといって、担任の先生の証言は、被告人が被害者を殺したという証拠にはならない。被告人もまた、友だちの死に胸を痛めている。

キム弁護士の口から出る言葉は、説得力があった。キム弁護士は、友だちを亡くし、何の罪もないのに屈辱的な濡れ衣まで着せられた若い被告人の心情を理解してもらいたい、という言葉で反対尋問を締めくくった。

19
高校一年、今の同級生

　あのう、テレビ局の方ですよね？　この話、ご存じですか？　あの日、事件が起きた日。チ・ジュヨンがパク・ソウンを殴るのを見た子がいるらしいんです。

　ホントです。あの日は模擬試験の日で、ほとんどの子が早く帰ってたんですけど、学校に残ってる子もいたそうです。学校の別館一階に、成績のいい子が勉強するために学校が特別に用意した読書室があるんです。学年できっかり一位から二十位まで、二十人だけが使える部屋なんですけど。とにかく、そこで自習していた一人が、問題集を取りにちょっと教室に戻ったんだそうです。ほとんど誰もいないから、静かだっただろうと思います。ところがその時、大きな声が聞こえたんだそうです。悲鳴のような。それで廊下の窓を開けて下を見たんですって。

　一部始終見たそうです。チ・ジュヨンがレンガでパク・ソウンを殴るのを。今みんな黙ってますけど、うわさになってたんです。

　え？　見たのは誰かって？　それは私もよくわかりません。みんなただ、隣のクラスの誰かが見たらしいとか、友だちから聞いたとか言ってるだけですから。たぶん探しても見つけるのは難しいんじゃないかと思いますよ。

なんでこんな話をするのかって？　決まってるじゃないですか。あまりにもじれったいからですよ。パク・ソウンがかわいそうですし。チ・ジュヨンはやってないって言ってるそうですね。いえ、私は友だちっていうわけではなくて、学校で顔を見ることがあるくらいです。それでもかわいそうじゃないですか。このままだと、チ・ジュヨンはただ無罪になって出てきちゃいますよ。

そうに決まってます。ほかの子たちもみんな言ってますよ。チ・ジュヨンの家ってものすごくお金持ちじゃないですか。お父さんは国会議員にも知り合いがいて、財閥とも友だちで、すごい人なんだそうです。うわさでは、検事ともう話がついてるんだとか。チ・ジュヨンが罰せられることは絶対ないって。

20

ジュヨン

ジュヨンは、誰もいない空間をじっと見つめていた。もう何日も一人きりだった。四日前にキム弁護士が来て以来、誰も訪ねてこなかった。その時キム弁護士は、みんながジュヨンのことを何と言っているか、テレビでどんなふうに報道されたか、全部教えてくれた。法廷でジュヨンがとった行動がどれほどとんでもないことで、愚かだったか、気付かせたかったのだろう。

「わかった？　あなたは自分で自分の首を絞めたんだよ」

テレビで報じられたジュヨンは、まるで別人だった。ジュヨンを悪魔と呼ぶ人もいたし、人でなしと言う人もいた。友だちだったソウンはいつの間にかジュヨンの奴隷になっていて、ジュヨンは人を人とも思わない恐ろしい子になっていた。顔も知らない人はぼろくそに言い、ジュヨンを知っているという人は、いつかはこうなると思っていたと言った。

「どう？　もうあなたは完全に一人ぼっちよ」

ジュヨンは自分の心がずたずたに引き裂かれて、まるで抜け殻になってしまったように感じた。キム弁護士は情けないというようにジュヨンを一瞥《べつ》すると部屋を出て行き、ジュヨンは本当に一人になった。

いや、ジュヨンは一人ではなかった。

じっと見つめるそこに、ソウンがいた。ジュヨンにははっきりと見えたし、確かに感じた。初めは夢かと思った。しかし、真っ暗な夜でも昼日中でも、時間に関係なくソウンはいつでもそこに現れた。

ソウンは何も言わず、何もしなかった。ただそこでじっとジュヨンを見つめているだけだった。

「どうしろって言うのよ」

「……」

ジュヨンが乾いた唇を動かして話しかけてみても、ソウンはやはり何も言わなかった。

「そうやってこっちを見てれば何か変わるわけ？　あんたが生き返って、私がここから出られるとでも言うの？」

今さら何も変わらないと、ジュヨンもわかっていた。ソウンがいくら恨みに満ちた目で自分を見つめようが、いくら毎日のように現れようが、変わることはないと。

ソウンの顔は、戦火の中すべてを失って死を待つ人のように見えた。ジュヨンは、なぜソウンが何度も現れるのか、いったい自分に何を望んでいるのか、どうしても聞いてみたかった。

「きみ、ソウンが好きだったの？」

20

ジュヨン

「友だちとしての好きじゃなくて、ソウンを愛してたのかって聞いてるんだ」

プロファイラーは聞いた。ソウンが好きだったのかと。ジュヨンはその質問に何も答えられなかった。自分でも自分の気持ちがわからなかった。ソウンがただの友だちだったのか、それとも友だちよりもっと特別な存在だったのか。ジュヨンは膝を抱えてうずくまった。

「全部あんたのせいよ。あんたが死にさえしなければ何の問題もなかった。何事もなかったのよ。わかってるの？」

涙がぽろっとこぼれ、頬を伝って流れた。ジュヨンはしょっちゅう自分を訪ねてくるソウンが恨めしかった。


あの日。あの日もソウンは、ちょうど今みたいにジュヨンを見つめて、言った。

「……どういうこと？」

「あんた、私を利用してるんでしょ」

「どこがあんたを利用してるって言うの？」

ソウンは怪訝そうな顔をしていた。ジュヨンはソウンのそんな表情になおさら怒りをかき立てられた。

「あんたはバイトして彼氏に会って、やりたいこと全部やってるのに、私が用事のある時には連絡もつかないじゃない。そのくせ試験前になるとあんちょこない？とか聞いてくるよね。それが利用してるんじゃなかったら何なの？」

「そんなつもりじゃ……」

「あんた、彼氏ができてから何回私の連絡を無視したかわかってる？　私が電話すると忙しいとか言うくせに、彼氏とはいっつも電話してるし。私の電話だとわかっててわざと出なかったでしょ？」

「何言ってるの」

「じゃあ何なの？　あんた、私に頼みがある時だけ連絡してくるよね。甘い汁だけ吸おうとしてさ。私をカモだと思ってるの？」

「ジュヨン」

「私と彼氏のどっちが大事なの？　私、甘い汁吸われてばっかりなのは、もううんざりなんだけど」

「え？」

ソウンはあきれた顔でジュヨンを見つめて、冗談言わないでというようにちょっとほほ笑んだ。

「私、おかしいこと言った？」

「そうじゃなくて……」

「私、今冗談言ってるように見える？　そうだよ。彼氏に、問題集買ってほしい、給食も一緒に食べてほしいって言えば？　昔みたいにいじめられても寂しくないでしょ」

「ジュヨン」

「あんたにとって私っていったい何なの？　親友じゃなかったの？　あんたは、親友っていうのは必要な時だけ仲のいいふりをする関係だと思ってるの？　あんた、私が今どれほどつらいか知らないでしょ？　私がどんな気持ちか、どんな悩みがあるか、関心もないでしょ」

その日の夜から、ソウンは悪かったというカカオトークのメッセージを何度も送ってきた。ごめんね、全部私が悪かったと書いてあった。それを見るたびにジュヨンは、プライドが踏みつけられてずたずたにされた気分だった。

いったい何を謝ってるの？　口では親友、親友って言いながら、本当は私を友だちだと思ってないんでしょ。結局は私より彼氏のほうが大事なんでしょ。一緒に遊ぼう、私を一人にしないでって寂しがって泣き言を言ってる私が、おかしくてたまらないんでしょ。

「きみ、ソウンが好きだったの？」

ジュヨンの頭の中で、またプロファイラーの言葉がぐるぐる回った。本当に私はソウンが好きだったんだろうか？

ジュヨンは膝に顔をうずめて考えた。愛かどうか、そんなことはジュヨンにとってもうどうでもよかった。

そうよ。私はあんたが好きだった。私が何を言っても、陰で私の悪口を言ったりしないから好きだったし、私の本当の気持ちを全部話せるから好きだった。私が嬉しいとき、一緒に心から喜んでくれるから好きだったし、私が悪いことをしても、失望した目で私を見たりしないから好きだった。あんたは、ただ私という人をありのまま受け入れてくれるから好きだった。

ジュヨンは顔を上げて、何も言わないソウンを見つめた。

あのね。私はあんたがこうして来てくれるのも……嬉しいんだ。

あんたがいれば、寂しくないから。

21 精神科医

性的アイデンティティに関する悩みは、青少年期にしばしば見られます。性に目覚める時期であると同時に、アイデンティティを確立する時期でもあるからです。

チ・ジュヨンさんの日記を見ると、性的アイデンティティに関して特に不安な様子は見受けられません。しかしある時から、友だちに執着しているということを自覚したと思われます。

ここ、この部分をちょっと見てください。

おかしくなりそう。私、どうしちゃったんだろう。

~~ものすごくソウンに会いたい。~~

一度書いたのを消してある、この部分に注目する必要があります。友だちに対する感情のために混乱しているように見えます。ここで問題は、家庭の抑圧的な雰囲気です。彼女のような子どもは、カウンセリングや心を開いて話のできる相手が必要なのですが、チ・ジュヨンさんの家庭はまったくそういう雰囲気ではなかったのです。日記にもお母さんやお父さんにばれてはいけないとか、恐ろしいなどといった言葉が何度も出てきます。それは彼女が両親を警戒し、恐怖の対象と認識していることを示しています。そのため話し相手を見つけられず、心の内をこうして日記に書くようになったと思われます。

チ・ジュヨンさんの場合、友だちへの執着がどんどん強まり、何が何だかわからないほど自分の感情が混乱しているのに、一方の相手、つまり友だちはまったくそんな感情ではないという事実は、彼女に怒りや挫折を感じさせたことでしょう。

チ・ジュヨンさんは、経済的に恵まれた家庭で育ち、勉強もでき、いつも褒められて、いわゆる勝ち組の人生を送ってきました。それにもかかわらず、ひどく焦って不安そうな様子をよく見せます。勝てなければ、負け犬になってしまうという不安が常にあるのです。こうした不安は、必ず勝たなければならないという抑圧となり、ついには自分の思い通りにならなかった時に、爆弾のように爆発してしまいます。特にチ・ジュヨンさんの場合は、拒絶に対する反応が怒りや暴力といった形で現れるようです。

あいつがソウンにちょっかいを出すのも見たくないし、
あいつに夢中で私に構ってくれないソウンも嫌い。
イライラする。みんなぶっ殺してやりたい。

そうですねえ。日記に殺してやりたいと書いてあったからといって、それが本当に殺人にまでつながるとは考えにくいです。ただ、暴力的な性向が噴出して、ある瞬間、自分の手に負えないようなことをやってしまう可能性がないとは言い切れないと思います。

22 キム弁護士

幸い今回の公判は何とか乗り切ったが、残りの裁判で勝てる保証はなかった。キム弁護士は、触っただけで血が噴き出るナイフのように、神経を尖《とが》らせていった。法廷でのことを思い出すだけでイライラした。自分はこんなに力を尽くしているのに、転げ落ちる一歩手前の人生を救おうと崖っぷちで必死に頑張っているのに、肝心のジュヨンが、転落したくて仕方がないとしか思えない態度だったからだ。

「一人きりになってみてどう？」

キム弁護士が問いかけても、ジュヨンは何も答えなかった。焦点の定まらない目でどこかわからないところを見ている様子は、まるで何かにとりつかれたようだった。

キム弁護士は、自分が来なかった数日間、誰もジュヨンを訪ねてこなかったと聞いた。意図したわけではなかったが、ちょうどよかったと思った。ジュヨンは完全に一人なんだと心底感じただろうし、同時に恐怖も感じたはずだ。それがどんなに怖いことか、ジュヨンも思い知るべきだと思った。今、自分の人生がどれほど危険な絶壁にぶら下がっているのかを。そうすれば、二度とこの間のようなことはできないはずだから。
「あれじゃあまるで、自分が殺しましたって自白したようなもんだよ。一番の親友を亡くした
かわいそうな子のふりをしなさいって言ったじゃない。それができないからって、どうしてそ
こで暴言を吐くわけ⁉　大声で叫ぶわけ⁉」
思わず自分も大声で叫んでいたキム弁護士は、まずい、と思った。いくら強がっていても、
相手は何と言ってもまだ十六歳。いちいちムキにならずに対応しなければならないのに、我を
忘れて依頼人に、それも十代の少女に本気で腹を立ててしまった。キム弁護士は、自分が冷静
さを失っていると認めざるを得なかった。
マスコミが盛んに騒ぎ立て、世間の注目を集めた事件だった。今回の裁判の決着がどうなる
かが自分のキャリアに重大な影響を及ぼすことを、キム弁護士はよくわかっていた。
「よし、もう一回、一から考えよう。あなたも裁判は初めてだから、慣れなくて怖かったのは
当然よ。前にも言ったけど、ほかの人の話は聞く必要ないの。私の言う通りにすればいい。私
がここから出してあげるから」
しかし、ジュヨンは相変わらず魂が抜けたような様子で、顔にはまったく生気がなかった。
そんなジュヨンを見ると、キム弁護士は何となくいい気味だとさえ思った。
わかった？　あなたは、私に泣きながら助けてくれと哀願しなければならない立場なの。あ
なたにとって私は、天から降りてきた命綱なんだよ。

キム弁護士は、ジュヨンがただ自分にすがり付いていてほしいと思っていた。

「二度とこの間みたいな真似《まね》はしないで。またあんなことがあったら本当に困る……」

「……私が殺してたら、どうしますか？」

「あなた、今何て言った？」

キム弁護士が聞き返すと、ジュヨンは道に迷った子どものように涙声になった。

「私、本当に覚えてないし、そんなことしてないと思うんだけど……でも、もしみんなが言うように私がやってたとしたら……」

「殺してたとしたら、それが何だっていうの？」

「え？」

ジュヨンの視線がキム弁護士に向いた。キム弁護士は冷めきった目でジュヨンを見つめていた。まるで子どもがどんなに駄々をこねても受け入れるつもりはないというように、きっぱりとした態度だった。

「殺していたら、あなたはここで罪を償いながら生きるつもり？　あなたの人生の一番花ざかりの時を塀の中で台無しにしちゃうっていうの？」

ジュヨンの瞳が不安そうに揺れた。まるで母親が目の前にいるような気分だった。

「私の目を見て。私、前にも言ったでしょ？　私があなたの担当になった以上、あなたは罪があっても、あってはならないの。私はあなたをここから出すために来たんだよ。……そうね。

亡くなった子のことが気になるよね」

ジュヨンの母親は、ソウンが勉強もできないし家も貧しいと知ると、いつも文句を言っていた。あんたの人生に少しでも役に立つような子と付き合いなさい、ソウンみたいなつまらない子と付き合っても何もいいことはないと。

「罪悪感？　そうね、感じるかもしれない。でもそれは今じゃなくていいの。あなたがそんなものを感じたからって、何も変わらないんだよ」

ほかにもいい子はたくさんいるのに、ソウンとかいうあの子じゃなきゃダメなの？　お母さん調べてみたんだけど、思ってた以上にレベルの低い子みたいね。あんた、あの子がかわいそうだから仲良くしてるの？　同情もほどほどにしなさい。そんなに気になるんなら、お母さんがあの子にお小遣いをちょっと送ってあげるから。とにかくあんたは勉強しなさい。勉強して成功しなさい。かわいそうな子を助けるのは、それから好きなだけすればいいの。

「死んだ子は過去なのよ。過去に縛られて生きるのは、敗北者のする……」

ペッ。

ジュヨンがキム弁護士の顔につばを吐き、一瞬静寂が流れた。キム弁護士はぎゅっと目を閉じた。左目の下につばがツーッと流れた。その様子を、ジュヨンが毒気のこもった目で見つめた。

「汚《けが》らわしい」

キム弁護士は垂れてくるつばを手で拭った。ジュヨンの言葉が耳にこびりついて離れなかった。

汚らわしいだって？　キム弁護士はジュヨンの言葉を何度も反芻した。これまで一度も失敗というものを経験したことのないキム弁護士だった。人生は成功と勝利に満ちていて、そんな彼女を誰もがうらやんだ。でも今、物の道理もわからない小娘が、大胆にも自分を侮辱していた。

自分一人の力では何もできないくせに、感謝することも知らない生意気な小娘が、今自分に汚らわしいと言ったのだ。

「本当のことを教えてあげようか」

キム弁護士の声は、ぞっとするほど落ち着いていた。

「みんな、あなたが残忍で恐ろしい奴だって言ってるわ。友だちを奴隷のようにこき使った天下の大悪人で、殺人まで犯したサイコパスだって」

「私は殺してない。殺してなんかいない！」

「あなたが本当に殺していようがいまいが、そんなことはどうでもいいの。これからはあなたの行動一つ、言葉一つが、あなたの足首をつかんでぬかるみに引きずり込むんだよ。もうあなたの言うことを信じる人は誰もいないよ」

ジュヨンは、今にも飛びかかりそうな勢いでキム弁護士をにらみつけた。キム弁護士はその反抗期丸出しの少女の顔をじっと見て、軽く鼻で笑った。

「あなたが大人しくしてないで暴れてくれて、むしろ助かったよ。おかげでこっちは冷静になれたわ。あなたと私は合わないみたい。そう思わない？」

ジュヨンの息づかいが荒くなった。キム弁護士は、何事もなかったように書類を片付けて、襟を整えた。ジュヨンは、キム弁護士をにらみつけたままだった。バッグを持って平然と出て行こうとしたキム弁護士は、うっかり言い忘れていたことを思い出したように振り向いて、ジュヨンを見た。

「私たち、ここまでみたいね。それがどういうことかわかる？」

「……」

「あなたはもう終わりってことだよ」

23 ジュヨンの母親

キム弁護士が辞めると言った時、ジュヨンの母親は頭の中が真っ白になった。

「それはどういうことでしょうか……。急にお辞めになるなんて」

弁護士が辞めるなんてことになれば、世間がどう言うか火を見るより明らかだった。救いようのない子、弁護士も良心の呵責を感じて辞めたらしい、などと好き放題に言われるに決まっている。

お金ならもっと出すとも言ってみた。いくらでも払うと。しかし、キム弁護士は首を横に振った。薄い笑みを浮かべたようにも見えた。

「お辞めになる理由はいったい何ですか？」

「私にできるのはここまでのようです」

「それはどういう意味でしょうか？」

母親が何度聞いても、キム弁護士は何も言わずに首を横に振った。まるで死刑宣告のようだった。

23 ジュヨンの母親

友だちを殺した少女。

誰もが、裕福な家に生まれ、頭が良く、見た目もかわいい娘を妬《ねた》んでいた。そう、ジュヨンの母親は、周りのひそひそ話はみんな嫉妬しているんだと思っていた。あるいはひがみかもしれないと。

キム弁護士が辞めた後、弁護を引き受けてくれる人はなかなか見つからなかった。いくらでも金を出すと言われても、勝ち目のない裁判に、サイコパスといううわさまで広まったジュヨンの件に関わりたがらなかった。口には出さなかったが、自分の評判を落とすのではないか、経歴に傷がつくのではないかと、誰も近づこうとしなかった。

ジュヨンの母親はまったく理解できなかった。どうして自分の娘がこんな恐ろしいことをしてしまったのか。いったいどうして？　何が不満なの？　何が悪かったの？

思い起こしてみると、ジュヨンは昔から気難しい子だった。どんな珍しいおもちゃを買い与えても、楽しそうに遊ぶのを見たことがなかった。ジュヨンはいつも無表情だった。新しい服を買ってやっても、おいしいものを食べに行っても、喜ぶということがなかったし、何をしてやっても幸せそうではなかった。そのたびに母親は途方に暮れた。どうしたら娘の気持ちをこちらに向けさせられるのか。どうしたら娘と仲良くやっていけるのか。

ジュヨンの母親はもっとたくさん、もっと頻繁に、いろんなものを娘に買い与えた。いつかは自分の買ってやったものを見て嬉しそうに笑うことを、気に入って喜んでくれることを、そしてありがとうと言ってくれることを願って。

しかし、そんな日は来なかった。そして、事件が起きた。

「嫌だって言ったでしょ。何もかも嫌！　どっか行って！」

なんでそんなに腹を立てていたのかは覚えていない。ジュヨンは何でもないことにもよく怒っていたから。でも、その日はちょっといつもと違っていた。ジュヨンは狂ったように大声を出し、手当たり次第に物を投げつけた。母親はどうしたらいいかわからず、開いた口に手を当てたまま、青ざめた顔でジュヨンを見守るばかりだった。すると、ジュヨンはますます暴力的になっていった。物を投げつけてあらん限りの罵詈《ばり》雑言を吐いていたジュヨンは、そのうちに怒りを抑えきれないのか、自分を痛めつけ始めた。

「やめなさい、ジュヨン、やめて！」

「ほっといて！　近寄らないで。私に触らないで！」

最初は拳で自分の頭を殴った。驚いて止めると、ジュヨンはさらに乱暴になった。まるで誰かに殴られているようにああっと声を張り上げていたジュヨンが、壁に頭をドンドンと打ちつけだした。その時ちょうど帰宅した夫が、その音に驚いて部屋に飛び込んできた。

「どうしたんだ」

ジュヨンが唯一恐れている父親だった。夫が来たから落ち着くだろうと、胸をなで下ろした。

しかし次の瞬間、ジュヨンの言葉に心臓が凍り付いた。

23 ジュヨンの母親

「ごめんなさい、お母さん。もうしません。ぶたないでください」

その日以来、ジュヨンの母親は精神科に通うようになった。しかし娘が自分で自分を痛めつけて、母親である自分に罪をなすりつけたことは言えなかった。

誰にも言ってはいけない。

絶対に。

ジュヨンの母親は、その日のことを誰にも話さなかった。そして自分に言い聞かせた。私の産んだ娘が、私の大事な娘が、そんな身の毛もよだつようなことをするはずがないと。子どもの悪ふざけだと。そう、まだ子どもなんだから、子ども。

24 プロファイラー

「話聞いたよ。弁護士が替わりそうだって」

プロファイラーが慎重にかけた言葉にも、ジュヨンは何の反応もしなかった。

「何をそんなに見てるの？」

さっきから一か所をじっと見つめているジュヨンを不審に思って、プロファイラーは尋ねた。

ジュヨンは相変わらず視線を固定したまま、低い声でつぶやいた。

「見えませんか？」

「何が？」

ジュヨンが見つめているほうに顔を向けたが、何も見えなかった。

「ソウンです」

プロファイラーの表情が、ほんの一瞬、誰にも気付かれないくらいかすかに変わった。

「何だって？」

「ソウンですよ。さっきからあそこに立ってます」

「ソウンが見えるの？」

「しょっちゅう私を訪ねてくるんです」

「いつからソウンが来るようになったの？」

しばらくぼうっとしていたジュヨンだったが、今は本当に何かを見ているように、はっきりと一か所を見つめていた。

「毎日訪ねてきます。でも、何も言わずにただ私のことをじっと見ているだけです」

プロファイラーは、口を挟まずにジュヨンの言葉を待った。

「私、ソウンがなんで訪ねてくるのかわかってます」

「どうして来るの？」

「私が憎いからです。死ぬほど私のことが嫌いだから」

何を考えているんだろう。プロファイラーの頭がすばやく動いた。弁護士が辞めると言ったこの時期に、急に死んだ友だちが見えると言うのは妙だった。もしかしたら作戦なのかもしれない。裁判で不利な展開になったから、刑を軽くするために精神状態に問題があるふりをしているのだろうか。それとも罪悪感に耐えきれず、ついに自白しようとしているのか。プロファイラーは、今がとても大事な時だと直感的に悟った。

「ソウンがどうしてきみのことを嫌うの？」

プロファイラーの問いに、ジュヨンはすぐには答えなかった。そしてしばらく経ってから、ジュヨンは乾いた唇を動かした。

「私は、お母さんとお父さんの自慢の種になるために生まれてきたようなものでした。私が何かするたびに、お母さんとお父さんは必ず人に自慢してまわるんです」

「ご両親があなたのことを自慢するのが嫌だったの？」

「嬉しかった時もありました。でも、たいていは嫌でした」

「どうして？」

「ばれちゃうんじゃないかと思って。自慢できるような子じゃないってことが」

ジュヨンの目からは力が抜けて、まるで自分の魂と会話するように、ものすごく小さな声で言った。

「私は、何でも人よりできなければならなかったんです。勉強も、運動も、歌も、絵も。何でも」

「ご両親に失望されるんじゃないかと思ったんだね」

プロファイラーの言葉に、ジュヨンの口元がゆがんだ。薄笑いを浮かべたようでもあり、がっかりしているようでもあった。

「いえ……怖かったんです」

「どうして？」

「うちのお母さんは、物をよく捨てるんです。いくら高くていい物でも、もう自慢にならないと思えば捨てていました。私も捨てられると思いました。もう自慢できないと思ったら……。それから、お母さんはソウンのことも嫌ってたんです。友だちと付き合うにしたって、なんでよりによってあんな子とって。勉強もできないし、貧乏で、自慢できることが何もない子と遊んで何の得があるんだって。お母さんがそんなこと言うたびに腹が立ちました。私にとってソウンは、捨てられるんじゃないか、離れていくんじゃないかって心配しなくていい唯一の人だったんです」

「だからソウンが好きだったんだね」

「だけど……」

「だけど?」

「だけど今考えてみると、ソウンが好きだから仲良くしてたのか、お母さんが嫌ってるから仲良くしてたのか、よくわかりません」

「お母さんが嫌ってるから?」

「ある時から、お母さんが私のことを怖がるようになったんです。でも私は、お母さんが私を怖がって、腫れ物に触るようにしているのが好きでした。怖がっている限り、私のことは絶対に捨てられないと思ったから。お母さんの嫌がることをしていると、お母さんの文句に腹が立ちながらも妙に安心しました」

プロファイラーの眉間にしわが寄った。しかしジュヨンは、相変わらず宙を見つめながらつぶやくように話を続けた。

「あの、この前、ソウンが好きだったのかって聞いてたじゃないですか。好きでしたよ。何て言ったらいいかわかりませんけど……『好き』なんて言葉じゃ言い表せないほど、ソウンが好きでした。ほかの誰にも奪われたくないくらいに」

25 チャン弁護士

見知らぬ男が入ってきた。一目見ただけで、あまり機嫌が良さそうには見えなかった。ジュヨンは、その男が新しく来た弁護士だということ、そして自分を引き受けてくれる弁護士がいなくて、仕方なく来た国選弁護人だということを、母親から聞いて知っていた。

母親はジュヨンを見て涙を流し、苦しそうに胸を叩いた。元気にしてた？　痛いところはない？　でも、そんな言葉は本心ではなかった。本当に言いたいことは、泣いていた母親の本心は、最後の言葉に込められていた。

いったいなんで私がこんな目に遭わなきゃならないの？　私の人生があんたのせいで台無しになったわ。何とか言いなさいよ。

あんたのせいで……あんたのせいで。

以前は、そんなことを言われると腹が立った。しかしジュヨンはもう腹も立たなかった。それは事実だと思った。母親の人生は、私が生まれた時からめちゃくちゃになったのではないか。私は、生まれてはいけない人だったのではないか。

「なあ。きみが話してくれないと、僕も何もできないよ」

ジュヨンは何も話さなかったが、それはチャン弁護士にとっては別に大したことではなかった。どうせジュヨンの話を聞きに来たわけではないから。彼は、ただそれが仕事だから来ただけだ。

国選弁護人。やりたくない弁護でもやらなければならないのが、チャン弁護士の今回の仕事だった。一流の弁護士でさえ諦めたのだから、調べてみるまでもなく明らかだった。勝ち目のないゲーム。チャン弁護士は、ここで自分のすべきことはジュヨンの無罪を立証することではなく、少しでも刑を軽くすることだとわかっていた。しかし、チャン弁護士はそれすら本意ではなかった。

罪があるなら、罰を受けるべきだ。

チャン弁護士は、少年犯罪、特に校内暴力やいじめを、身震いするほど、いや虫唾《むしず》が走るほど嫌っていた。まだ分別のつかない子どもなんだから、子どもの時には誰だって一度くらい間違いを犯すこともある、と言う人もいるだろう。しかし、どんな言い訳もチャン弁護士には通用しなかった。

一人の子をいじめることは、家族全員を苦しめることだと、一つの家庭を破壊し、一人の子の人生を丸ごと壊すことだと、誰よりもよく知っているからだ。

これまでチャン弁護士は、いろんなタイプの被疑者たちに会ってきた。酔っ払っていて自分が何をやったのか覚えていないと言う人たち、自分のやったことが何の罪に当たるんだとずうずうしいことを言う人たち、そもそも悪いことなんかしていないと開き直る人たち、自分は嵌《は》められただけだと叫ぶ人たちや、息をするように平気でうそをつく人たち。

ジュヨンが受ける可能性のある法定の最高刑は十年だ。いや、殺人という凶悪犯罪を犯したのだとしたら、ひょっとしたら十五年間刑務所に行くことになるかもしれない。十六歳で十五年というのはすごく長い時間だと思うかもしれないが、残忍な犯罪を犯したことを考えると、十五年はあまりにも軽い刑ではないか。少年保護？　チャン弁護士は嘲笑を浮かべた。

もちろん、チャン弁護士も知っていた。家庭環境があまりにひどくて居場所を求めて街に出た子どもたちが、飢えに耐えきれず犯罪を犯すこともあるということを。ほんのちょっと親身になって手を差し伸べてあげれば変われる子もたくさんいることを。

しかし、どんな言い訳をしても暴力だけは正当化することができない。校内暴力ならなおのこと、一切弁解の余地はないというのがチャン弁護士の考えだった。まだ子どもなのをいいことに、恐ろしいことをしでかす凶悪犯たち。チャン弁護士は二度と思い出したくなかった記憶が浮かんで、思わず歯ぎしりをした。

チャン弁護士の顔は、もはや軽蔑に近い表情でゆがんでいた。彼は、こういう自分勝手な子どもたちが恐ろしかった。怖いもの知らずで、自分がどんな罪を犯したのかもわかっていない子どもたち。体はすっかり大きくなっているのに、まだ子どもだから許されて当たり前だと思っている子どもたち。

昔、チャン弁護士もそんな子どもたちにいじめられて、自ら命を絶つことまで考えたことがあった。子どもが死を考えるまで、大人たちは誰もいじめに気付かなかった。いや、ひょっとすると、気付いていながら知らないふりをしていたのかもしれない。みんなそうやって大人になるんだ、誰だって少しくらいはつらいことがあるものだ、いつかは見返してやる、などと愚にも付かないことを考えているうちに、幼い彼の心の灯は徐々にしぼんでいった。

そして今、チャン弁護士は加害者を弁護する立場になった。彼はただ、この時間が早く終わることを願うばかりだった。

罪を犯した子どもたちは、異口同音にこう言った。こんなことになるとは思いませんでした。あの子が先に俺たちの悪口を言いふらしたんです。頭にきてやったんだけど、そこまでするつもりはなかったんです。やり始めたら無性に腹が立ってきて……。ただみんなと一緒にやっただけなんです……。

とんでもない言い訳だった。こんなことになるとは思わなかった？　何時間も殴り続けておきながら、こんなことになるとは思わなかっただって？　助けてと懇願する子を見て、ハハハと笑いながら動画を撮ってアップしておいて、そこまでするつもりはなかっただって？

腹立たしい言い訳を聞くたびに、チャン弁護士は鼻で笑った。罰を受けることになるとは思っていなかっただろう。悪魔のような薄笑いを浮かべて、一人の人生をめちゃくちゃに踏みつけながら、罰を受けることなんて考えもしなかっただろう。ジュヨンについて、チャン弁護士もすでにたいていのことは知っていた。テレビの特集番組もすべて見た。ジュヨンが裕福な家で甘やかされて育ち、どんなに自分勝手に振る舞ってきたか。そして被害者をどんなに理不尽にいじめて苦しめてきたかも。

「まだ被害者が見えるの？」

ひと言も話さなかったジュヨンが、どういう意味だというように、うつろな目でチャン弁護士を見た。チャン弁護士は、薄笑いを浮かべたまま話を続けた。

「亡くなった被害者。きみは見えるって言ってたそうだね」

ジュヨンは返事をせずに、かすかにうなずいた。プッ。チャン弁護士は思わず噴き出してしまった。ジュヨンが大真面目な顔で、まるでうそをつく気力もないというような様子だったからだ。

精神疾患の疑いがあるという話を聞いていたチャン弁護士は、失笑をこらえ切れなかった。精神疾患で押そうというのか。おぞましい。どうすれば刑が軽くなるかには頭が回るんだな。そこまで計算していたんだろう。

チャン弁護士は、ジュヨンが法廷で大声を出し、暴言を吐いたことも知っていた。それは腹が立つと自分の感情を抑えられない人だということを示すと同時に、これっぽっちも罪の意識を感じていないことを意味していた。何でも自分の思い通りにならないと気の済まない子。親の力をかさに着て、世の中に怖いものなどないかのように暴れ回る子。チャン弁護士は知っていた。そういう子どもたちがどれほどずる賢くて恐ろしいのかを。

こんな子のために弁護をしなければならないのか。悪いことをしたら、相応の罰を受けるべきではないのか。弁護によって刑が軽くなったら、被害者の家族を悲しませることになるのではないか。チャン弁護士はこういう場面に出くわすたびに、本気で仕事を辞めたいと思った。

きみの偉いお父さんは、もうきみを諦めたんだ、売れっ子弁護士はさじを投げて離れていき、きみを弁護しようという人は誰もいないんだ、それは僕も同じだけど、国選弁護人だから仕方なく弁護を引き受けただけだ、本当は僕が一番軽蔑しているのはきみのような人間なんだと言いたかったが、チャン弁護士は、もっと短く簡潔にまとめることにした。

「何もしゃべらないつもりなら、もう僕にできることはないよ」

チャン弁護士の言葉に、ジュヨンは深く息を吸い込んだ。不安そうに揺れるジュヨンの瞳を見て、チャン弁護士はイライラした。

「話すことがないのなら、これで終わりに……」

「みんなの言う通りだと思います」

「どういうこと？」

「……私が殺したのかもしれません」

25 チャン弁護士

「え？」

「あの日、私は……私は本当にソウンを殺したいと思ったんです」

26

塾の前のコンビニの店長

いやあ、見たことあるなんてもんじゃないですよ。何回ここに来てたことか。ここら辺は塾ばっかりじゃないですか。その子は中学の時からずっとこの近くの塾に通ってたんじゃないかな。だから、たぶん三、四年くらいは見てたと思います。

まあ、特に目立つ子ではありませんでした。ところが、いつの頃からか、女の子二人でいつも一緒に来るようになったんです。それが、俺、はっきり覚えてるんだけど、どう見ても友だち同士のようには見えなかったんですよ。

髪の短いほうの子が、必ずうちの店の前で髪の長い子を待ってるんです。まあ、三十分ならまだいいほうで、一時間以上待ってることも結構ありました。ある日、すごく寒いのに店の前でずいぶん長いこと立ってたから、俺が声をかけたんです。そしたら友だちを待ってるって。いや、今どきの子は一時間も友だちを待つもんですか？　誰でもいいからその辺の若い子に聞いてみてください、そんな子がいるか。友だちの塾が終わる時間に合わせて来ればいいのに、なんでこんなに早く来て待ってるのかって聞いても、ただ笑ってるんだ。それで、中に入って待ってなさいって言ったんです。それ以来、あの子たちを見かけると目が行くんですよ。

髪の長い子の塾が終わるとここで落ち合って、一緒に帰って行きました。たまに中に入って、ラーメンやキムパプなんかを食べる時もあるけど、それがホントにあれだったんです。何って、その髪の長い子がああしろこうしろとどれほどうるさく指図してたことか。食べ物一つだって、必ずその子が食べろと言うものを食べなきゃいけないんだ。会計はいつも髪の長い子がするから、てっきりお金を出す子が選んでるんだなと思ってました。

いつだったかな……。一度、髪の短い子が会計をしたことがあったんです。カップラーメンだったたか、アイスクリームだったか。とにかくその子が会計したんですけど、千ウォン札を一枚だけ出して、残りは全部小銭で払ったんです。すると、それを見ていた髪の長い子がみっともないとか何とか言って、怒鳴り散らしましてね。その時俺、この子ちょっとおかしいんじゃないかと思ったんです。だって、百ウォン玉だってお金でしょう？　そうじゃないですか？でも髪の長い子は小銭を、落ちてるゴミでも見るような目つきで見てたから。

最近はいじめだ校内暴力だって、テレビをつければしょっちゅうやってるじゃないですか。俺も気になって、あの二人が来るたびに注意して見てたんですよ。でもやっぱり見てるだけじゃダメだと思って、一度その髪の長い子の塾の先生に話したこともあるんです。先生には、たぶん人違いだろうって言われましたけど。

まったくねえ、俺はあの子たちのことを考えるとまだ、ここ、この胸にこんな大きな塊《かたまり》がのせられたみたいに苦しくてしょうがないんです。まさかこんなことになるなんて思ってもいませんでした。亡くなった子がただただ気の毒で。

27

ジュヨン

ジュヨンは壁を見つめていた。面会時間の間ずっとぼうっとしているジュヨンを見て、父親はため息をついた。時間が早く過ぎるのを待っているみたいだった。本当はジュヨンの顔なんか見たくなかったのかもしれない。それでも訪ねてくるのは、もしかすると、それも仕事のようなものだと思っているのだろうか。

「おまえはいったい、どれだけ日頃の行いが悪かったんだ。何をどうしたらこんなに次から次へと悪いうわさや記事が出てくるんだ」

父親は怒ってそう言ったが、ジュヨンは父親が何に怒っているのかもわからなかった。

「今回のことが終わったら、ただではおかないぞ。名誉毀損でみんなぶち込んでやるからな」

ジュヨンは一人で怒りを爆発させる父親の前で、じっとうつむいたまま指先をいじっていた。叱られる時はいつもそうしていたように。焦ったり不安になったりした時はいつもそうしていたように。

「心配することない。これまで俺は何とか生き抜いてきたんだ。絶対にこんなことで負けはしない。何としてでも切り抜けてみせるから」

そう言って父親がついた長いため息は、ジュヨンの耳元を、頭を、そして胸を深く突き刺した。ため息を残して父親がいなくなり、ジュヨンはまた一人ぼっちになった。

ジュヨンは部屋の隅に座って、膝に顔をうずめた。それからいつものようにソウンを探したが、ソウンはどこにもいなかった。今までだったら、父親が不満げな視線を向けてくるたびに、失望したようなため息をつくたびに、ソウンが慰めてくれていたのに。

ソウン、どこにいるの？　いつもみたいに優しく、大丈夫だよ、何も問題ないって言って。ねえ、お願い……。

ソウンを探していたジュヨンの目に涙が溢れた。でも次の瞬間、ジュヨンの顔が冷たくこわばった。友だちを恋しがっていた目は、あっという間に恨みでいっぱいになった。

パク・ソウン、全部あんたのせいよ。あんたさえいなければ、あんたさえ死ななければ、何事もなかったはずなのに。

できることなら、時間を巻き戻したかった。あの日、校舎の裏でソウンに最後に会ったあの日に。

「ごめんね、ジュヨン。私が悪かった」

「何が悪かったの？」

27

ジュヨン

ジュヨンは、最初は怒るつもりなんてなかった。子どもみたいにぐずぐず言ってごめん。私と彼氏のどっちが大事なのって言ったのは本心じゃないの。ただ、また昔みたいに仲良くしたいだけなんだ。そう言おうと思っていた。ところがソウンにごめんねと言われた瞬間、頭のてっぺんまで怒りが込み上げた。

「何でも言われた通りにするから。怒らないで。私はあんたとずっと友だちでいたいの」

ソウンはほとんど泣きそうになっていた。唇を噛んで、どうしたらいいかわからないという顔でジュヨンに、ごめんね、何でも言われた通りにすると言った。その言葉はジュヨンには、彼氏と別れること以外なら何でもすると言っているようにしか聞こえなかった。

「言われた通り何でもするって？　じゃあ、あいつと別れてよ」

「ジュヨン、なんでそんなこと言うの……」

「別れられないって言うの？」

ジュヨンの顔は怒りと嫉妬、そして傷ついたプライドのために赤くほてっていた。出会ってからまだ何か月もたたない彼氏のために、自分を一人ぼっちにするソウンが理解できなかった。

一緒にいると楽しいし、悲しい時も嬉しい時も真っ先に頭に浮かぶ人。ジュヨンにとってソウンはそんな存在だったのに、ソウンはそうじゃなかったのか。ジュヨンは、ソウンがまるで向こうを向いたまま手だけこっちに差し出しているみたいに感じた。いつでも手を振り切って離れていってしまえるように。

「あんた、全部自分のやりたいようにやっておきながら、これからも私と友だちでいたいって？　どうして？　まだ私からもらえるものがたくさんあるから？」

「ジュヨン。そんなわけないでしょう」

「あんたさっき、私に言われた通り何でもするって言ったよね？　じゃあ死んでみてよ」

「チ・ジュヨン」

「どうしたの？　何でもするんでしょ？　どうしてあんたはいつも、そうやってうそばっかりつくの？　今まで私に言ったことも全部うそなんでしょ？　あんたも私が嫌いでたまらないんでしょ？」

はあ。

ソウンは、答える代わりにため息をついた。ジュヨンはどきりとした。そのため息一つで、ジュヨンは自分がボロボロになって壊れていくようだったし、ソウンが今すぐにでもいなくなってしまうような気がした。自分はもうソウンにとって必要な人ではないんだ。そう思うとジュヨンはとても我慢できなかった。

その時、レンガが一つジュヨンの目に入った。ジュヨンはすでに正気を失っていた。

「死ねないの？　じゃあ私が死なせてあげる」

28

中学時代の塾の先生

あの日のことをどうして忘れられますか。死んでも忘れられません。お話しする前に、水を一杯飲んでいいですか?

ジュヨンは、塾でわりと評判のいい生徒でした。勉強はできるし、愛想も良くて、何の問題もない子でした。いや、そうだと思っていました。でもある日、塾の前のコンビニの店長からおかしなことを聞きました。どうやらジュヨンがほかの子をいじめてるようだって。その時はそんなはずない、人違いではないかと言いました。僕の知っているジュヨンは、決してそんなことをするような子じゃなかったんです。違うと思いながらも、そんな話を聞けばどうしても気になるじゃないですか。それでよく見ていると、どうもおかしいんですよ。僕たちから見ると本当にいい子だったんですけど、子どもたちの間では、ジュヨンはあまり評判が良くなかったんです。まだ子どもだし、そういうこともあるでしょう。友だち関係が思うようにいかないことはよくあります。でもジュヨンは、何ていうか、子どもたちが怖がってるというか、そういうところがあったみたいです。そんな時に、事件が起きたんです。

塾には奨学制度がありましてね。成績が優秀な生徒に特別奨学金を出すんですけど、要は塾のPRです。奨学金を出せば、勉強のできる子たちが来てくれるかもしれないじゃないですか。勉強のできる子がたくさん集まれば、評判が口コミで広まりますよね。でもその年は、よりによってジュヨンとソジンという子の成績がまったく同じだったんです。そういう場合は普通、奨学金を二人に半分ずつ出すんです。

ところがソジンの家は、経済的にちょっと苦しかったんです。ジュヨンは、奨学金をもらったらお小遣いとして使っちゃうでしょうけど、ソジンのほうは、奨学金を半分しかもらえないと塾を続けられないとわかっていたので、どうしたらいいか悩みました。気持ちとしては、残り半分を私費をはたいてでも出してあげたかったんですが、私もつましい給料で妻子を養わなければならない身なので、それは簡単にできることではありませんでした。考えたあげく、ジュヨンに頼んでみることにしました。

ありのまま正直に事情を話しました。ソジンの家の暮らし向きが苦しい、今回だけ譲ってくれないか、もちろん成績優秀の通知はちゃんと同じように出すからと。きっぱり即答で嫌だと言われました。どうして自分がそんなことしなきゃならないんだと。ちょっと驚きました。少しくらいは考えてくれるだろうと思ったんですけど。でも、しょうがないですよ。嫌だって言うんだから。私がそれ以上とやかく言えることじゃないですからね。だから、ただわかったと言うしかありませんでした。ところがあいつは……。

僕と話し終わると、その足でソジンのところに行って、怒鳴ってるんですよ。物乞いするような奴がなんで塾なんか来てるんだって。あまりのことに頭に血が上ってしまいました。ソジンは、僕がそんなお願いをしたことも知らなかったんです。それをみんなの前で、物乞いがどうだとか、貧乏が自慢なのかなんて言ってるのを、黙って見ていられますか？

すぐにジュヨンを相談室に呼んで、何てことをするんだと叱りました。その時のジュヨンの目を、今でもはっきりと覚えています。敵《かたき》を見るような目つきで僕をにらんでいました。そして、何か間違ったことを言ったかと、逆に食ってかかるんです。こっちも頭にきて言いました。どこでそんな言いぐさを覚えたんだ、きみがこんな子だとは知らなかったと。あんまり腹が立って、きみが友だちをいじめていることはうわさになっていると、コンビニの店長から聞いたことも話しました。するとジュヨンは、そんなこと言われてただ黙ってると思うのかと、息巻いていました。はい、僕も腹立ちまぎれに肩を何回かぽんぽんと叩いて、勝手にしろと言ったんです。すると、急に涙をぽろぽろ流して飛び出して行きました。

その後のことはご存じの通りです。院長先生からほかの先生や生徒たちにまで、セクハラ講師だと言われました。ジュヨンの胸を触ったなんて。僕は小学生の娘を持つ父親ですよ。生徒の胸を触るなんて、そんな下劣なことするわけないじゃないですか……。

追われるように塾を辞めましたが、その後ほかの塾に勤めることもできませんでした。トラウマがひどくて、女の子たちを見るだけで幻聴が聞こえるくらいです。今も一日三時間以上寝られません。眠ると悪夢を見るんです。

真実ですか？　もう何百回、何千回も言いましたよ、僕はやってないって。誰も信じてくれませんでしたけど。その時悟ったことがあります。世間の人は、真実を話せば信じてくれるってわけじゃないんです。世間は何を聞いても、自分が真実だと思いたいことしか信じないんです。

ジュヨンにあんなことがあったということは聞いてます。そうですね。私はその件については何も知らないので、申し上げることはありません。ただ一つ、あの子の言うことを全部信じてはいけないと申し上げたいです。恐ろしい子です。とても……とても恐ろしい子なんです。

29 チャン弁護士

「何も話さないつもりなの？」

書類のファイルをめくっていたチャン弁護士が、もう待っていられないというように切り出した。

「黙ってたって、きみにとって何もいいことはないよ。僕は警察じゃないんだ。僕には何でも話してくれないと、弁護するもしないも、何も始まらないよ」

前回の接見の時にソウンを殺したかったと言ったジュヨンは、その言葉を最後に、口を開かなくなった。チャン弁護士は、今回の接見では何か聞けるだろうと思っていたが、ジュヨンは前回と同じように黙りこくっていた。

「きみ一人のために、どれだけ多くの人たちが大変な思いをしているか知ってるか？　ソウンのお母さんは、ご飯もろくに食べられず、毎日学校に通い詰めてるそうだよ。警察にももちろん苦労かけてるしね。僕らも、ちゃんと認めることは認めて、一日でも早く終わらせよう」

「……どうなるんでしょうか？」

やっぱりな。チャン弁護士はうんざりした。反省とまではいかなくても、せめて自分がどんなことをしてしまったのか、何が悪かったのか、それは人として許されないことだと気付いてほしいと思っていた。しかし、ほとんどの犯罪者がそうであるように、ジュヨンも自分のこれからのことしか心配していなかった。

「それはきみ次第だ。きみがどれだけ反省するかによって……」

「いえ、私じゃなくて、おばさんのことです」

「え?」

「おばさんは……どうなるんだろうと思って。すごくつらいんだろうなって……」

ジュヨンの乾いた唇がぶるぶると震えた。

チャン弁護士は、ジュヨンの口から被害者の母親の話が出てくること自体が不愉快だった。どうなるんだろうだって? 一人娘を亡くした親は、世界が崩壊し、全身が粉々に砕けたような気持ちだろう。悪夢のような恐ろしい地獄の日々を耐え忍んで生きていることだろう。

「私がやったって言えば、おばさんはもう学校に行かなくてすみますよね? 私がやったって言えば……」

ジュヨンの声がだんだん小さくなった。

「私が殺したみたいです」

ジュヨンの言葉に、チャン弁護士は眉をひそめた。弁護士として仕事していて、被疑者が供述を変えることなんて数え切れないほど目にし、経験してきた。昨日はやってないと言い、今日は自分が悪かったと言う。そんなふうに供述をころころ変える依頼人は、必死に弁護しても簡単に違うことを言いだすのが常だった。

「あいまいな言い方じゃなく、はっきり言ってくれ。自分がやったって認めるのか？」

「みんなの言う通りです」

「何が言いたいの？」

「確かに私はソウンをいじめていました。そんなつもりはなかったけど……ソウンはきっと、すごくつらかっただろうと思います」

意外だった。自分が殺したんじゃないと言い張っていたジュヨンが、罪を認めるかのようなことを口にしていた。

「それで、罪を認めるのか？」

チャン弁護士がもう一度聞くと、ジュヨンは罪を犯した人がたいていそうするように、うつむいて肩をすくめた。そして、絞り出すように小さな声で答えた。

「ほかの人たちが……みんな……私がやったって言うんなら……」

「……」

ジュヨンの手が見えた。上着の裾《すそ》をぎゅっと握ったジュヨンの両手が、小刻みに震えている。

チャン弁護士はその手を見た瞬間、不思議な気持ちに襲われた。深いところから湧き上がってくる何かに全身を揺さぶられるようだった。まるで地震か何かに遭遇したように。

「ちゃんと答えてくれ。きみがやったのか、やっていないのか」

「……どうせ」

「え？」

「どうせ、信じてくれないくせに」

ジュヨンがつぶやくような小さな声で言った。肩は相変わらずすくめたままで、声には力がなかった。さっきまで激しく瞬《まばた》きをしていた目が落ち着きなく揺れ動いて、ほんの一瞬チャン弁護士の目と合った。誰も信じてくれないという恨みと不安のこもった目だった。それは、子どもの頃に自分をいじめた悪魔のような奴らの目つきとは違っていた。

それはただ、一人のおびえた少女の眼差しでしかなかった。

30 生徒の親

誰の許可をもらってこんなことやってるんですか？　いや、テレビ局にも事情があるかもしれませんが、大の大人がどうして子どもたちのことを考えてあげないんですか？　子どもたちがどれだけ大きなショックを受けたと思ってるんですか。よく平気で、こうしてぶしつけにマイクを突き付けて回れますね。子どもたちの傷に塩を塗る行為ですよ。ただでさえ勉強が大変でナーバスになってる子たちに、こんなことするなんて。事件のことは忘れるように、一切触れずにいても、ものすごいストレスを感じてるっていうのに。

うちの子が大学に行けなかったら、テレビ局が責任取ってくれるんですか？　くれないでしょう。子どもの人生がかかった大事な時に、どうして騒ぎ立ててるんですか。ソウンのお母さんもそうですよ。なんで毎日学校に来てるんですか。テレビ局といいあの子のお母さんといい、本当に困ります。

もちろん知ってます。知らないわけないでしょう。ソウンのお母さんが、何か知ってることはないか、何でもいいから教えてほしいって子どもたちに付きまとってるそうですね。この間、うちの子が顔を真っ赤にしてそう言ってたんですけど、私、血が逆流するかと思いました。子どもがそのせいで勉強に集中できないって言ってるんですよ。

さすがに私、校長先生に話すしかないと思って、お母さんたち何人かに声をかけて一緒に校長室に行きました。当たり前じゃないですか。ここは学校ですよ、学校。勉強できるような環境にしてもらわないと。子どもたちが落ち着かない環境で、どうして勉強が頭に入りますか。

まったく、あなた何なんですか。変なこと言いますね。死んだ子がかわいそうじゃないなんて誰が言いました？　私だって胸が痛むし、かわいそうだと思います。でも死んだ子はもう死んでしまってるわけで、うちの子はこれからも生きていかなきゃならないんですよ。子どもが事件のトラウマで受験に失敗でもしたらどうしてくれるんですか。もうとっくに勉強に大きな支障が出てるんです。精神的ショックで眠れないんですよ、うちの子は。

いい加減にしてください、ホントに。ああ、もういいです！　とにかく、また子どもたちを捕まえてインタビューなんてしてごらんなさい。私、黙ってませんからね。

31 チャン弁護士

チャン弁護士の口からため息が漏れた。なんで心がチクチクするんだろう。どうしたんだ？　もう片付いたじゃないか。チ・ジュヨンはもう白状したようなもんじゃないか、いったい何が問題なんだ？　チャン弁護士は自問した。

「あの日、私は……私は本当にソウンを殺したいと思ったんです」

ジュヨンの言葉は、自白も同然だった。だから自分の仕事はもう終わりのはずだった。しかし、チャン弁護士はなぜか心に引っかかるものがあった。

これは演技なのではないか。供述をころころ変えて、精神に異常があるということで押し通そうというのか。そう、演技かもしれない。テレビを見たって、ジュヨンが自分の利益のためには平気でうそをつける子だという話が溢れてるじゃないか。

友だちを奴隷のようにこき使った利己主義者、怒ると何をしでかすかわからないサイコパス……。

テレビで証言した人たちは異口同音にそう言っていた。あの子が怖かったと。それはまるで、友だちを殺していても少しも不思議はないという口ぶりだった。

「私がやったって言えば、おばさんはもう学校に行かなくてすみますよね？　私がやったって言えば……」

チャン弁護士は、ジュヨンの言葉を思い返していた。演技だとしたら、どうしてそんなことを言ったんだろう？　彼は思わず左手の親指の爪を噛んだ。事件をもう一度きちんと調べなければ。

被害者を死に追いやったレンガのかけらには、確かにジュヨンの指紋がはっきりと残っていた。疑う余地のない明確な事実だった。しかし、細かく砕けたレンガは、ジュヨンが殴りつけたにしてはどう考えても不自然だった。映画の小道具でもあるまいに、こんなに細かくなるだろうか。力の強い成人男性ならともかく、痩せっぽちの女の子が、そんなに強い力で殴りつけることができるのか？　チャン弁護士は椅子の背にもたれたまま考え込んだ。

レンガが粉々になるまで殴り続けたとしたら？　それなら不可能なことでもないんじゃないか？　いや、違う。それなら、被害者の体にその痕跡が残ったはずだ。しかし解剖結果も医師の所見も、一度の大きな衝撃ということで一致していた。

「どうせ、信じてくれないくせに」

ジュヨンの声が耳に残って離れなかった。もしかしたらジュヨンは初めて会った瞬間から、チャン弁護士が自分を信じていないと直感していたのかもしれない。依頼人に心の内を見透かされてしまうほど、感情がむきだしになっていたのだろうか。

自分を見つめるジュヨンの眼差しが脳裏に浮かんだ。昔チャン弁護士を苦しめた悪魔のような奴らの目つきと交錯する。チャン弁護士は、彼らの目つきを片時も忘れたことがなかった。あの残酷でおぞましい悪党たちは、十五年が経った今でもチャン弁護士を苦しめていた。そのためだろうか。だから、ジュヨンを加害者だと、まだ判決が出てもいない事件の犯人だと決めつけてしまったのだろうか。いつから弁護士が有罪、無罪を決めるようになったんだ？ 弁護士というのは、信じてあげる人ではなかったのか？

チャン弁護士は何度も自問した。それでおまえはジュヨンの言葉を信じる心の準備はできているのかと。チャン弁護士は答えることができなかった。

「どうせ、信じてくれないくせに」

ジュヨンの言う通りだ。これまでのチャン弁護士だったら、ジュヨンが何を言っても信じていなかっただろう。

「ほかの人たちが……みんな……私がやったって言うんなら……」

ジュヨンの声が聞こえてくるようだった。すべてを諦めたような声。

「私が殺したみたいです」

そう。確かに「殺しました」ではなく「殺したみたいです」と言っていた。ジュヨン自身の言葉ではなく、ほかの人たちの言葉でしかなかった。チャン弁護士はぎゅっと目をつぶった。

この前ジュヨンに会ってからずっと心の中でくすぶっていたものが何なのか、わかったからだ。ひょっとしたら、ひょっとしたらジュヨンが本当の犯人ではないのかもしれないという思いだった。

32 学校の守衛

まったく。また取材だか何だかしに来たのかね？　何度も言ってるだろ、何度も。ここで勝手に取材されちゃ困るんだって。え？　弁護士？　弁護士さんがここに何しに？　私は何も知りませんよ。ここにいるからって生徒を全員知ってるわけじゃないですからね。さあ、何があったのかは警察が調べてるだろうし、私は何も知りませんから。いや、ちょっと待って。誰の弁護士ですって？　チ・ジュヨン？

あの子は元気にしてますか？　あの年でそんなところに入れられるなんて、さぞつらいだろうに。ああ、あの子はそんなところに入るような子じゃないんですよ。

あの二人のことはよく覚えてますよ。もちろんです。すごく丁寧に、きちんと挨拶してくれるんです。いつも二人一緒で、礼儀正しいいい子たちでした。あの子たちにそんなことが起こったなんて、信じられないし信じたくもないです。

マスコミで言われてるような、そんなおかしな子じゃなかったですよ。何も知らない連中がいい加減なこと言ってるだけだよ、まったく。ホントにいい子たちなんですから。ときどき、いつもありがとうございますって飲み物を差し入れてくれたりすることもありましたよ。今どきそんないい子がいるんだな、なんて言ってたんですよ。

だからね、何がなんだかまったくわからないんです。どうしてあんな恐ろしいことが起こったのか。

事件現場ですか？　現場といっても何もないですよ。ただの校舎の裏の空き地です。昔は焼却場として使ってたけど、今はただの使われてない空き地ですから。

え？　そこをですか？　どうしてもご覧になりたいですか？　もう警察が何度もやってきて見てましたけど、特に何もないと思いますよ。まあ、どうしてもとおっしゃるなら……こちらにいらしてください。


はい、こちらです。あんなことがあって、生徒たちがどれほどショックを受けてることか。だから、生徒から見えないようにテントを張ったんですよ。

今でも悔やまれてならないのは、私が先に見つけられなかったことです。あそこの、テントの柱が立ってるところを見ればわかると思いますが、あの上に雨よけのひさしがあるので、わざわざ見ようとしなければ校舎の中からはよく見えないんです。でも……私は毎日何度も学校中を見回っているのに、どうして気付かなかったのか。一晩中一人きりで横たわっていたあの子に申し訳ないし、ほかの生徒たちにも申し訳なくて……。よりによって生徒が先に見つけてしまうなんて……日に何十回も胸が締め付けられて、これほどつらいことはありません。

さあ、誰が最初に発見したかはわかりませんね。警察にも何度か聞かれましたが、そのままうやむやになりました。確かに、校舎のこっち側は全部窓だし、生徒もたくさんいますから。聞いてみると、大勢が同時に発見したようでもあるし、誰かが最初に発見して叫んだようでもあるし……。とにかく子どもたちが大騒ぎでした。

そうなんですよ。話が出たから言いますけど、常識で考えても、あんなことがあったら、子どもたちがどんなに胸を痛めてるかわかるでしょ。どうして毎日のように記者だのプロデューサーだのという人たちがやってきて、根掘り葉掘りしつこく聞き回っているのか。亡くなった子に対する礼儀すらないのか、生徒たちがショックを受けて悲しんでいるのはお構いなしなのか、何か一つほんのちょっとしたことでも出てくると、これくらいに誇張して記事にするんです。

最近は学校の外からもいろんなうわさが聞こえてきて、やかましいったらありません。不良グループだったとか、奴隷だったとか何とか。聞いてると、ホントあきれてしまいます。そして、それをまた記者の皆さまがおいでになって全部書くじゃないですか。そんなの見ると俺は開いた口がふさがらないよ、まったく。

もちろん、罪があるなら罰を受けるべきですよ。でも、本当に罪があるかどうか、警察でも裁判官でもない方々がどうしてお決めになるんですか？

亡くなった子のことを考えると、私も眠れないんです。その子のお母さんがここに立っているのを見ていると、胸が痛みます。気の毒ですよ。娘を亡くしてどれほどつらいことか。居ても立ってもいられずに、毎日、毎日学校を訪ねて来てるんでしょう。私もここで給料をもらって食べていかなきゃならないから、仕方なく校門の外に出てもらいますけど、私だってやりたくてやってるわけじゃないですよ。その時私がどんなにやりきれない気持ちかわかりますか。こないだなんか、雨が降ってるのに傘もささずに立ってるんですよ。あんまり気の毒で、コーヒーを一杯差しあげました。ずっと食べていないのか、げっそりやつれてました。子どもに先立たれた親の気持ちを考えてみれば、そりゃそうだろうと思います。

死なないから生きるんですよ、死なないから。

33

チャン弁護士

もう二十分も、二人とも黙ったままだった。しかしジュヨンを見つめるチャン弁護士の目つきは、この前とは違っていた。事件現場に行って、学校の守衛に会って話を聞いた後、チャン弁護士の考えは、ジュヨンが犯人ではないかもしれないという方向に傾き始めた。

「話してほしい。本当のことを」

「……」

「確かに、きみの言う通りだ。僕は初めから、きみの言うことを信じるつもりもなかった。きみがやったと決めつけ、罰を受けるべきだと思っていた」

「……」

「でも、今は違う。僕が間違っていた。話してくれないか。真実を知りたい」

ジュヨンの肩がびくっと動いた。チャン弁護士はジュヨンをじっと見つめながら、話を続けた。

「僕がきみを信じるよ」

その瞬間、ジュヨンの肩が震えて、顔がゆがみ、涙が溢れ出た。鼻先を赤くして泣くジュヨンの姿は、まるで母親を亡くした小さな子どものように見えた。きみを信じるというひと言のためだった。チャン弁護士は、泣きじゃくるジュヨンをしばらく黙って見ていた。しんとした部屋に、ジュヨンの泣く声だけが悲しげに響いた。

どのくらい経っただろうか。ジュヨンがためらいながら話し始めた。

「何を話せばいいのか……よくわかりません」

「ただあの日あったことを、そのまま話してくれればいいんだ」

「それが……それが、よく覚えてないんです」

「覚えていることだけ話せばいいよ」

「あの日……本当に殺したいくらい、ソウンが憎かったんです」

「どうして？」

「ソウンが……私から離れていってしまうと思って」

ジュヨンは指先をいじりながらうつむいた。

「ソウンに彼氏ができたんですけど、その時から嫉妬の気持ちが湧いてきたんです。私にはソウンしかいないのに、ソウンはそうじゃなかったから」

「それで友だちを殺したいと思ったの？」

ジュヨンは、答える代わりにうなずいた。

「腹が立って、どうにかなっちゃいそうでした。その時……そんな時に限って、レンガが目に入ったんです」

「それで？」

「かっとなってレンガを持ち上げたんですけど、ソウンが目をそらさないんです。ごめんとも言わないし、やめてとも言わないし、ただ私をこうやって見つめてたんです」

ジュヨンの目とチャン弁護士の目が合った。チャン弁護士は、ジュヨンの黒い瞳が、自分の瞳孔を通して心の中を覗き込んでいるように感じた。

「そして、ソウンが私に何か言ったんですけど、その言葉があまりにも怖くて……」

「怖かったの？」

「はい、初めてソウンを怖いと思いました」

「何て言ったの？」

「よく覚えてないんですけど……確か、ごめんねって言いました。ごめんねって」

ジュヨンが言い終わらないうちに、チャン弁護士は思い切り顔をしかめた。ごめんねという言葉が怖かったって？　チャン弁護士には到底理解できなかった。レンガで自分を殴ろうとしている友だちにごめんと言うのも、ごめんという言葉が怖かったというのも。まったく道理に合わない話だった。

「それから？」

「それで全部です。私の知っているソウンではないみたいで……逃げ出しました。家までどうやって帰ったのか、誰に会ったのか、そういうのは覚えてないけど……もし私がソウンを殺したんだったら、覚えてないわけないじゃないですか」

「つまりきみが言いたいのは、レンガを手に取ったけれど、振り下ろしはしなかったってことか？」

うなずくジュヨンの顔に、うそは感じられなかった。でも、ジュヨンの言う通りそうやってジュヨンがソウンと別れたんだとしたら、いったい誰がソウンを死に追いやったのか。

おかしい、どうしたんだ。誰が聞いても信じられないような話だったけれど、チャン弁護士はジュヨンを信じたい気持ちが湧いてくるのを感じた。

34 教頭先生

どうも、わざわざお越しいただき恐縮です。こちらにおかけください。こうしてお呼び立てしたのは、今回のことに関してどうしてもお話ししたいことがありまして。

私が教師になって、かれこれ三十年が過ぎました。振り返ってみると、これまで本当にいろんなことがありました。今思うと後悔することもたくさんあります。あの頃はどうしてあんなことをしたのか、殴るのも教育だとばかりに、幼い生徒たちを激しく殴ることもよくありました。プロデューサーさんもご存じでしょう。当時は生徒たちの人権なんて考える時代じゃありませんでしたから。

でも今、私が昔のように生徒を殴ったりしたら、周りの先生も生徒も黙っていないでしょう。今はダメなことが、昔はなぜ許されていたのかわかりますか？　当時は誰もやってはいけないことだなんて思っていなかったんですよ。みんな体罰をしているから、しても構わないものだ、と思っていたということです。人って本当に怖いですね。周りの雰囲気にどれほど簡単に流されてしまうのかって、つくづく思います。今回の事件に関しても同じです。

私は担任だったわけでもないし、授業も持っていなかったので、あの子たちのことをよくは知りません。それでも胸が痛みます。二人ともうちの学校の生徒で、ついこの間まで明るい笑顔を見せていた子どもたちじゃないですか。そう思うと食事も喉を通りません。喉に何か棘でも刺さったみたいに、ずっと頭から離れなくて苦しいです。こう見えて三十年も子どもの教育に携わっているんですから。

つまり、私が何を言いたいかというとですね。世間の人たちの視線がうちの学校に集まっている今、あんな番組を放送されたら私たちがどれほど厳しい立場に立たされるか、少しはお考えいただきたいってことです。まだ裁判中なのに、あまりにも偏った内容だったということです。

そうですね。どんなおつもりかは存じませんが、まるで、亡くなった貧しいソウンは天使で、裕福なジュヨンはほとんど悪魔だと決めつけた内容でした。正直、とても驚きました。貧乏は善で裕福は悪ですか？　死んだ人は善で、生きている人は悪ですか？　だとしたら、ここにいる私たちはみんな悪です。現にこうして生きていますから。

本質をぼやかすなって？　はい、私が言いたいのはまさにそれなんです。本質。どうしてプロデューサーさんは、公共の電波を使って本質をぼやかすんですか。

私にとっては、二人とも大事な生徒です。死んだ子もかわいそうだし残念ですが、生きている子まで殺さないと気が済まないんですか。

プロデューサーさんは、本当にあの放送の内容が真実だと信じているんですか？　無念にも亡くなった子のためですって？　一度だけならまだしも、特集とか何とか言ってもう何度も繰り返し放送しているじゃないですか。それを見た視聴者は、十六歳の高校生ではなく、恐ろしい悪魔か何かだと思ってしまいますよ。それだけではありません。あの放送以来、パク・ソウンさんについてまで、悪意に満ちたうわさが出回るようになりました。口にするのもはばかられるようなうわさです。ええ、わかってます。私もうわさが真実かうそか、そんなことを言いたいのではありません。私たちにとっては二人とも大事な生徒です。そしてそれは、ほかの生徒たちも同じなんです。

どういうつもりで、ただでさえ精神的ショックで動揺している子どもたちに付きまとっているんですか。その本当の狙いが何なのか、ぜひ聞かせていただきたい。プロデューサーさんが生徒たちを追いかけ回して、とんでもないうわさまで放送したせいで、学校中が記者さんに振り回されています。何か刺激的なうわさを一つでもつかもうとする記者たちに。

いいえ。真実は警察が、裁判官が明らかにするものでしょう。それをどうしてテレビがなさろうとするんですか？　あの事件は、子どもたちにとっても大変な傷になってるんです。こうやって訪ねてきて聞いてまわるのは、子どもたちにつらい出来事をもう一度思い出させることでしかありません。それに、ここは高校です。みんな入試に備えて必死に勉強しているんです。こんな落ち着かない雰囲気の中で、三年生が修学能力試験（大学の共通入学試験）の勉強なんてできますか。

一、二年生だって同じです。今は学生簿総合選考（高校生活を総合的に記述した内申書などで行う大学入学選考）が増えて、三年生だけが受験生なのではありません。一年生から三年生まで全員受験生なんです。子どもたちは早くあの傷を忘れなければならないのに、大人たちが毎日やってきて傷をほじくり返していたら、忘れられると思いますか？

ただでさえ、パク・ソウンさんのお母さんが毎日のようにやってきて頭が痛くてしょうがないのに、いったいいつまでこんなことを続けるおつもりですか。

35　ソウンのお母さん

「ごめんね」

娘はもうそこにいないけれど、それでも毎朝、目を覚ますとごめんねと言った。ソウンのお母さんは、娘が死んでから一度も足を伸ばしてゆっくり寝たことがない。そんなことをしたら娘に恨まれるような気がして。

お母さんは、すべてのことを申し訳なく思うばかりだった。出来の悪い母親で申し訳なかった、貧しい家に生んで申し訳なかった。きれいな服もおいしい食べ物もろくに買ってやれなくて申し訳なかった。

ソウンのことを考えると、胸がつぶれそうだった。死ぬ前日も、いつものようにバイトを終えて迎えに来てくれた娘だった。焼肉屋で働くお母さんを恥ずかしがるそぶりなんか一度も見せなかった。

「お母さんからおいしそうなにおいがする」

「におい？」

「焼肉のにおい！」

そう言ってにっこり笑っていた娘。バイト代をもらったら、お母さんが働く店で焼肉をおごると言っていた娘だった。

小さなスーパーで働いていたお母さんが焼肉屋に移ったのは、二千ウォンのためだった。焼肉屋のほうが時給が二千ウォン高かったので、ソウンが一人で家にいるのを寂しがるとわかっていながら、遅くまで仕事をした。鉄板を拭いて食べ残しを片付けていると、腰は痛いし肩はもげそうだったけれど、一度も泣き言を言ったことはなかった。娘のためなら、どんな大変なことだってできると思った。

ジュヨンに初めて会った時、ソウンのお母さんはありがたい気持ちでいっぱいだった。ジュヨンがソウンのそばでいつも力になってくれていることを聞いていたから。

「あなたがジュヨンね。ソウンと仲良くしてくれてありがとう。これ、あとで二人でトッポッキでも食べなさい」

ジュヨンはソウンのお母さんが差し出した一万ウォン札を受け取りながら、顔をしかめた。

「うっ、焼肉くさっ」

ごく小さくつぶやいた言葉だったが、お母さんの耳にははっきりと聞こえた。聞き間違いかも、何の意味もなく言ったのかも。お母さんは、何とか忘れようと思った。娘の一番の親友だというのだから。

「お母さん、ジュヨンはお金すごくいっぱい持ってるの。こんなのくれなくてもいいんだよ」

その日の夜、ソウンが一万ウォン札を差し出した時、その一万ウォンが自分がジュヨンに渡したお札だとわかった時、ジュヨンが焼肉のにおいの染みついたお札を手に持っているのも嫌だったんだと知った時、ポケットにも入れずにそのままソウンに返したと知った時、お母さんは惨めな気持ちだった。でも、それを顔に出すことはできなかった。娘の大事な友だちだから。

ソウンのお母さんは知っていた。ジュヨンに出会うまで、ソウンが長い間友だちとうまくいかなくて苦労していたことを。だからジュヨンに感謝しているということを。

ソウンはよくジュヨンを褒めた。勉強もできるし、一緒にいて楽しいと。それなのにどうしてジュヨンは、娘にあんなひどい仕打ちをしたのだろう。テレビのインタビューで誰かが言っていたように、ソウンを奴隷のようにこき使っていたというのは本当だろうか。ジュヨンに感謝しているといつも言っていたのに……。

「被害者が着ていた服や靴などは、全部容疑者にもらった物だったそうです」

放送を見ている間ずっと、お母さんは苦しそうに胸を叩いて泣いた。ソウンはジュヨンにもらった物を持ち帰ってくるたびに、明るく笑って自慢していた。

「お母さん、この靴すごく高いんだよ。かわいいでしょ？」

「新品みたいだけど、本当にもらってよかったの？」

「うん。ジュヨンはサイズが合わないから、私に履いてって」

ソウンはジュヨンにもらった靴を何度も履いたり脱いだりして、にこにこ嬉しそうに笑っていた。

「そんな靴が欲しかったの？　お母さんに言ってくれればよかったのに」

「欲しかったわけじゃないの。ただジュヨンがくれたから履くのよ。捨てたらもったいないじゃない。新品なのに」

娘は、靴が欲しいなんてひと言も言わなかった。何日鉄板を拭いても買えないほど高い靴だということを知ったら、お母さんが惨めに思うとわかっていたから。

ソウンのお母さんの口からすすり泣く声が漏れ、次第に獣の吠《ほ》えるような声になっていった。すてきな服や靴を一度も買ってあげられなかった、誕生日に何が欲しいとさえ、言わせてやれなかった。ソウンのお母さんは、今日も自分を責め続けた。

36 チャン弁護士

よりによってあの夢だった。チャン弁護士は裁判の準備でもう何日もまともに寝ていなかった。ほんのちょっとの間机にうつ伏せになって目を閉じただけなのに、悪夢を見た。公判の日が近づくにつれて、悪夢はさらに生々しくなり、チャン弁護士を苦しめた。

チャン弁護士は、どうして自分があんなひどい目に遭わなければならなかったのか、今でもわからない。ただ背が低くて子どもっぽかったから？　あるいは気が弱そうだったから？いや、違う。チャン弁護士は何の理由もなくいじめられた。ただ、卑劣な連中の退屈しのぎの餌食として目を付けられただけだった。

奴らは、チャン弁護士に金を持ってこいと命じた。宿題を代わりにしておけ、ゲームのレベルを上げておけと言うこともあった。むかつくと言って唇が裂けるほど顔面を殴ったり、わけもなくバットで尻を腫れるまで殴ったりもした。チャン弁護士は日に日に追い詰められてげっそりと痩せ衰えていき、奴らはその姿を見て笑っていた。世の中にこんなに面白いことはないというように。

今のチャン弁護士だったら、あらゆる手段を使って自分を守っただろう。損害賠償を請求し、責任を問うただろう。奴らが犯した罪の分だけ罰を受けさせただろう。しかしその時のチャン弁護士はまだ幼く、すべてのことが怖かった。そしてその恐怖は今も消えておらず、不意に彼を何もできなかった少年に引き戻した。

つらい夢から覚めたチャン弁護士は、時計を見てあわてた。公判前最後にジュヨンに会う約束の日だった。

「どなたですか？」

事務所の前に見知らぬ女性が立っていた。ぼさぼさのおかっぱ頭に疲れきった顔をした女性が、チャン弁護士を見ておずおずと近づいてきた。

「私、ソウンの母です」

最初は誰のことかわからなかった。次の瞬間、被害者の名前が頭をよぎった。

「ちょっと話を聞いていただきたいんです」

母親はご飯もろくに食べていないのか、ひどくやつれた様子だった。唇は乾いて白くひび割れていた。その唇からひと言ひと言が漏れ出るたびに魂が抜け出ていくように、今にもその場で崩れ落ちそうに見えた。彼女を見ているだけで、チャン弁護士はなぜか罪を犯しているような後ろめたさを感じた。

部屋に入ってもらってお茶を出しながら、チャン弁護士は何を言ったらいいのか思いあぐねていた。ソウンの母親は何を話しに来たんだろう？　娘を殺した罪人を弁護しないでほしいと頼みに来たのか？　だとしたらなんと答えたらいいんだろう？　チャン弁護士の頭はぐるぐる忙しく回転した。

「これはソウンが着ていた服です。私は本当に、母親の資格のない人間でした。ほかの子みたいにきれいな服を着たかっただろうに、ソウンにこんな服ばかり着せていました」

母親が長い沈黙を破って口を開いた時、チャン弁護士はただ薄い笑みを返すことしかできなかった。ソウンの黒いウィンドブレーカーは着古したもののようで、昔の写真のように色あせていた。

「ソウンはいいものは一つも持ってなかったんです。ジュヨンがくれたもの以外は……」

母親は、まるで誰かに首を絞められたかのように、やっとのことで息を吐いた。

「ジュヨンに……ありがとうと伝えていただけますか」

「え？」

母親の言葉があまりにも意外で、チャン弁護士は耳を疑った。彼女は、苦しそうに乾いた唇をぎゅっと噛んだ。

「ありがとうと……。私がソウンにしてやれなかったことをあなたがしてくれて、本当に嬉しかったと。ジュヨンがいなかったら、うちのソウンは……死ぬまでいい服、いい靴を一度も……身に着けられなかったから」

そしてそれに続く言葉に、チャン弁護士は思わず両目をぎゅっと閉じた。

「だけど、うちのソウンの何がそんなにいけなかったの？　あなたがソウンにしてくれた分だけ、ソウンがあなたにしてあげられなかったから？　それなら言ってほしかった。おばさんに言ってほしかった……。そしたら、何としてでも何だってしてあげたのに。ごめんね。おばさんが無力で、ソウンがあなたにもらうばかりなのを知っていながら、何もしてあげられなかった。全部おばさんが悪いのに……どうしてうちのソウンにあんなことをしたの？　ソウンは一人でいるのをものすごく怖がる子なのに……。息を引き取るその瞬間まで、一人きりにして放っておいたよね。どうしてそんなことしたの、どうして……」

淡々と始まった話は、無念の思いとなって涙とともに溢れ出た。母親は胸を叩いて泣き叫んだ。どうして自分がたった一人の娘を失わなければならなかったのかと問う言葉に、チャン弁護士は何も答えられなかった。

ソウンの母親が帰ってから、チャン弁護士はジュヨンに会いに行くことができなかった。自分のしていることが正しいことなのか、無罪を主張するジュヨンの言葉を本当に信じていいのか、わからなくなった。

ソウンとジュヨンは友だちだったのか、それとも友だちを装ったアンフェアな関係だったのか。みんなの言う通り、ジュヨンは悪魔なのか。自分はジュヨンのうそにだまされているのではないか。いや、たとえジュヨンの言葉がすべて真実だとしても、あの時のことを思い出せないと言っているのにどうして信じられるんだ？　なぜジュヨンは、よりによってソウンが死んだその瞬間だけ覚えていないんだ？　考えれば考えるほど、チャン弁護士は自信がなくなった。

37 目撃者

記者さんですよね？　あのう……お話があるんですけど。

実は私、見ました。目撃したんです。本当です。早く言わなきゃと思ってたんですけど、警察に行くのもすごく怖いし……。黙ってても警察が全部ちゃんと調べてくれるだろうと思ったんです。うちのお母さんにこっそり話したら、余計なことするなって言われました。私はソウンがどうにかなるのを直接見たわけではないんだけど……。でもどう考えても、今言わなきゃ一生後悔すると思って。

みんなが言ってたんですけど、ジュヨンの弁護士が学校に来たそうです。ジュヨンの無罪を証明するために来た、今回の裁判が終わったらジュヨンは釈放されると言ってたそうです。ジュヨンの家はお金持ちだから、絶対に刑務所に入れられっこないと言ってる子もいたし。でも、それは間違ってますよね。ソウンは死んだのに、死なせた人が罰を受けないのは、あまりにもおかしいじゃないですか。

いいえ。私はソウンともジュヨンとも親しくありませんでした。ただ顔を知っているくらいでした。隣のクラスだったんです。ソウンとジュヨンですか？　テレビ見てないんですか？　番組で言ってた通りでした。親しくない私が見ても、二人の仲は何と言うか、ちょっと不公平に見えたっていうか。とにかくそんな感じでした。

私が何を見たのかって？　実は……あの日私はジュヨンを見かけたんです。模擬試験が終わってしばらく時間が経ってたので、生徒はほとんどいませんでした。私も塾に行こうとしてたんですけど、教室に問題集を忘れて取りに戻ったところでした。教室から出ると、ジュヨンが廊下を向こうから歩いてきたんです。なんでかわからないけど、ジュヨンを見てとっさに教室に隠れました。何となく。そんなによく知らないのに挨拶をするのも面倒だったし、しないでそのまま通り過ぎるのもなんだし、だから隠れたんだと思います。私ちょっと人見知りなので……。

怖くて言い出せませんでした。あの日ジュヨンを見たということも言えませんでした。卑怯だってことはわかってます。今ものすごく怖いんです。でも、今からでも言わないと、手遅れになってしまうんじゃないかと心配になって。

このことを、誰にどうやって話せばいいのかわかりません。いきなり警察に行くのも怖いし。それでなんですけど、ちょっと私に手を貸してもらえませんか？

38 法廷

法廷の中には、霜が降りた初冬の早朝のように冷たい空気が漂っていた。昨日の午後、今回の事件の決定的な目撃者が現れたというニュースが一斉に報じられた。それは、まるで今日開かれる公判への宣戦布告だった。案の定、検事は新しい証人を申請していた。チャン弁護士は何とも言いようのない不安に包まれた。

彼は、自分が感じている不安の理由は何なのか自問してみた。考えてみれば、ジュヨンを信じられる理由よりも信じられない理由のほうが多かった。ジュヨンは肝心なことは覚えておらず、覚えていることも話のつじつまが合わなかった。なのにどうしてジュヨンを信じなければならないんだ？　ジュヨンの目つきが本当っぽかったから？　うそをついているようには見えなかったから？　いや、違う。チャン弁護士は、そんな印象に振り回されて依頼人に感情移入するような人間ではなかった。

最初はチャン弁護士も、検事が主張するように、メッセージの内容、レンガの指紋などから考えて、ジュヨンが殺したんだと思った。チャン弁護士だけでなくほとんどの人がそう確信し、世間はとっくにジュヨンがやったに決まっていると考えているようだった。もちろんジュヨンが本当に犯人ならば、処罰されなければならないのは当然だ。でも、もし犯人でなかったら？　罪のない人が罰を受けることなんてあってはならないし、それこそがチャン弁護士がこの仕事をしている理由だった。

「みんな……私がやったって言うんなら……」

チャン弁護士は、あごに力を入れて歯をくいしばった。憎しみは犯罪の証拠にはならないと自分に言い聞かせた。ジュヨンが犯人だという証拠は、どう考えても不十分だった。チャン弁護士は、ジュヨンの疑いを晴らすことができるとすればそれは自分しかいないと思った。しかし、そう思えば思うほど、チャン弁護士の頭の中にソウンの母親の顔が鮮明に浮かんだ。

「ありがとうと……。私がソウンにしてやれなかったことをあなたがしてくれて、本当に嬉しかったと。ジュヨンがいなかったら、うちのソウンは……死ぬまでいい服、いい靴を一度も……身に着けられなかったから」

「どうしてうちのソウンにあんなことをしたの？　ソウンは一人でいるのをものすごく怖がる子なのに……。息を引き取るその瞬間まで、一人きりにして放っておいたよね。どうしてそんなことしたの、どうして……」

「証人、陳述してください」

証言に立った目撃者は、ジュヨンと同じ学校に通う生徒だった。目立つこともなくただ自分のことだけを黙々とやっている、どこにでもいるような子で、こんな場所にはまったく似合わなかった。目撃者は重く沈んだ雰囲気に緊張したのか、しきりに舌で唇をぬらし、どこか焦っているようにも見えた。

「あの日、ジュヨンが廊下を歩いてくるのを見ました。まるで何かにとりつかれたようにぼうっと歩いていて、ちょっと異様でした」

「どうしてそう思ったんですか？」

「それは……ジュヨンが片方の手にレンガを持っていたんです。でも、レンガを持って歩いてるなんて、そうそうあることではないじゃないですか。だから教室に隠れて、こっそりジュヨンを見ていました」

「レンガを持っていたんですか？　それは確かにレンガでしたか？」

「はい。普通の石じゃなくて、レンガでした。ちょっと古そうな、赤いレンガでした」

目撃者の話を聞いて、チャン弁護士の顔が固まった。不吉な予感が頭のてっぺんからつま先まで走った。彼はじっとジュヨンを見つめた。ジュヨンはチャン弁護士の視線を感じて、自分を信じてくれた唯一の人と目を合わせた。どうか私を信じて、どうか最後まで手を放さないでと訴えるようなその眼差しに、チャン弁護士は再び気を引き締めた。信じなくちゃ、信じるんだ。自分に暗示をかけるように、その言葉を何度も繰り返した。

「被告人はそのレンガをどうしましたか？」

「ジュヨンはしばらく廊下の窓の前に立っていました。そして、レンガを窓から放り投げたんです。ドンという音も確かに聞きました。あの時はそれが何の音かわからなかったんですけど……今思えば、ジュヨンがソウンを……」

目撃者の話が終わらないうちに、傍聴席からため息が漏れ、罪を犯したのに反省することを知らない少女に怒りの声が上がった。

「でも、どうして誰にも言わなかったんですか？」

「最初は、ソウンが亡くなったことと関係があるとは思わなかったんです。少し経ってからは、怖くて言い出せなかったんですけど……新聞に、犯行に使われた道具がレンガだと書いてあったので……」

目撃者の言葉に、チャン弁護士がぎゅっと目をつぶった。その時ようやく、チャン弁護士は自分を不安にさせていたものが何だったのかわかった。それは、結局こうなるという予感のようなものだった。チャン弁護士の指先がぶるぶると震え、全身に鳥肌が立った。ジュヨンが振り下ろしたとは到底思えないほど細かく砕けていたレンガ……。

疑問が完全に消えた瞬間だった。チャン弁護士が無罪の証拠だと主張していた、レンガが粉々に砕けたわけが明らかになったのだ。ジュヨンを信じて無罪を立証しようとしてきたチャン弁護士は、裏切られたという思いに身を震わせ、怒りの眼差しをジュヨンに向けた。ジュヨンは、わけがわからないというように首を横に振った。
違う、そんなはずない……。

39

どうしても思い出せなかったあの日の真実

「死ねないの？　じゃあ私が死なせてあげる」

あの日。

ジュヨンがレンガを頭の上に持ち上げた時、ソウンはひざまずいたままジュヨンをじっと見つめているだけだった。ただ、ソウンの目つきがいつもと違っていた。ジュヨンを心配している目でも、すまながっている目でも、怖がっている目でもなかった。それはジュヨンにあきれている目であり、怒った目であり、もう許さないという目だった。

「いい加減にして」

ソウンの言葉に、ジュヨンはレンガを持ち上げた姿勢のまま固まってしまった。嫉妬と怒りでいっぱいだった感情は、いつの間にか戸惑いに変わっていた。

「私、彼氏がいるからコンビニのバイトしてるんじゃないよ。お母さん一人で働いて大変だから助けたかったのもあるけど、それだけでもないの。私はあんたのためにバイトしてるんだよ。私もあんたにプレゼントを買ったり、おいしいものをおごったりしたくて」

「私がいつあんたに何か買ってくれって言った？　なんでそんな余計なことを……」

「そうじゃないよ、私が嫌なの」

　変だった。今、目の前で話しているこの人は、私の知っているソウンなんだろうか。まるで別人のような表情でジュヨンを見つめていた。

「私、あんたからもらってばかりなのがすごく嫌なんだ。あんたにカップラーメン買ってあげるお金ちょうだいってお母さんに言うのも申し訳なくて嫌だし……。死ぬほど働いてるお母さんを見ていると、うちが貧乏なのが本当に嫌になる」

　いつの間にかソウンの目には、涙がいっぱいにたまって、かろうじて流れずにとどまっていた。

「あんたがみんなに変なうわさを流してるのは知ってるよ」

　ソウンの言葉にジュヨンはうろたえた。男には目がないとか、デートの費用をたかったとかいう、ありえないうそだったが、そうすればソウンがまた自分のところに戻ってくるだろうと思った。でも、ソウンは戻ってこなかった。ひょっとすると、すべてわかっていたのだろうか。

「別にいいけど。どうせあんたのことなんて友だちだと思ったこともないから」

「え？」

　心を踏みにじられ、蹴飛ばされる気持ちというのは、こういうものか。ソウンがひと言ひと言を吐き出すたびに、ジョヨンの心臓は激しく鼓動し、頭がくらくらした。

「ほかの友だちができるまでの我慢のつもりが、ずいぶん長くなっちゃったよ」

「どういうこと？」

「私にあんたを利用してるのかって聞いてたでしょ？　その通りだよ。あんたを利用したの。あんたは私が欲しいって言えば何でもくれたから。その気になれば、いくらでも利用できたよ。覚えてる？　中学の時、あんた塾で奨学金をもらったら私にくれるって言ったじゃない。それをもらいたかったから、あの寒い日に塾の前で一時間も待ってさ。あの時はあんたの言うこと聞いて、あんたのご機嫌を一生懸命取ってたよ」

「……何を言ってるの？」

「そんな目で見ることないよ。正直、あんたも嬉しかったでしょ。私があんたの顔色をうかがって、言いなりになってるのが」

うそ。

ジュヨンはまるで化け物でも見たように後ずさりした。ソウンは薄笑いを浮かべたまま、ジュヨンを見つめた。

「じゃあ、どうして私がいつもあんたと一緒にいると思ってたの？　あんたが大好きだからくっついてるとでも思った？　あんなレベルの低い子と遊ぶのかってあんたのお母さんが言ってたのも全部知ってるのに？　あんたにあんなひどいことされてるのに？　私は自分にできることをしたのよ。ちょっとかわいそうなふり、いい子のふりするだけで、何十万ウォンもする服もどんどんもらえて、ホントにちょろかったよ」

「……」

「でも、もうやめるわ。だから、ごめんね」

ジュヨンは目まいがした。脚の力が抜けて、同時にソウンが怖くなった。私を利用したって？　そんなはずない、私の友だちのソウンは、そんなことする子じゃない……。ジュヨンは何度も首を横に振った。その姿を見てソウンが鼻で笑った。

「このまま友だちのふり、ただ何も知らないで信じてるふりをして、ずっと利用していこうかとも思ったけど、だんだんあんたがかわいそうになってきてさ。あんたは私がかわいそうだと思ってただろうけど、本当にかわいそうなのはあんただよ。あんたは私しか友だちって呼べる人いないいじゃない」

……うそ、うそだ。うそ。

ジュヨンは首を横に振り続けた。そんなはずない、ソウンがそんな子のわけがない、これは夢だと何度も自分に言い聞かせながら。

ソウンの刺すような視線がジュヨンにぶつかるたびに、ジュヨンの体に鳥肌が立った。

「おかしい？　私があんたを利用したって信じられない？　それとも、私がごめんねって言いながら、どうか友だちでいてほしいとすがり付くはずなのに、こんなこと言うからパニクってる？　ねえ、チ・ジュヨン。私も人間なのよ。あんたの人を人とも思わない態度に、私がどんな気持ちだったと思う？」

違う。こんなのソウンじゃない。ジュヨンは何度も首を横に振り、その姿をソウンは軽蔑するような目で見つめた。その視線に、ジュヨンは恐れをなして一歩退いた。それでもソウンの目つきは変わらず、ジュヨンは押されるように二歩、三歩と少しずつ後ろに退いた。

「今さらパニクるくらいなら、もうちょっと私のことを考えてくれればよかったんじゃないの？ 人の気持ちを無視しないでさ」

ジュヨンはまた首を横に振った。できることなら、耳をふさいでしまいたかった。そうしてジュヨンはソウンの視線を避けてじりじりと後ずさりして、とうとうおじけづいた子どものように駆け出した。

何も考えられなかった。まだ手にレンガを握っているということにも気付かないほど。

ソウンに対してはいつも本心だったのに、いったいどこで何を間違ったんだろう。気付いた時にはもう教室の前だった。ジュヨンは廊下を行ったり来たりして、窓の前に立った。窓の下を見るとソウンが一人で立っていた。その時、ソウンが後ろを振り向いて、ジュヨンの立っている窓を見上げた。ソウンと目が合ったジュヨンはびっくりして、まるで火にでも触ったようにとっさに後ろに退いた。そしてそのままバッグを手に取って逃げるように走り去った。

ジュヨンが立ち去った場所には、赤いレンガが一つ窓枠の上に残されていた。ジュヨンの指紋がべったりと付いたレンガが。

ジュヨンはわがままでどうしようもない子だった。人の気持ちを少しも考えず、友だちはいつもそばにいてくれるものだと考えていた。自分勝手で、相手への思いをちゃんと伝えることもせず、うれしくてもつんけんすることしかできなかった。

それでもジュヨンは、一度もソウンを友だちと思わなかったことはない。ジュヨンにとってソウンは、つらい時、寂しい時、嬉しい時、いつも一緒にいてほしい人で、本音を打ち明けられる人で、わがままを言える人だった。そんなソウンを失うというのは、ジュヨンにとってつらい時、寂しい時、嬉しい時、いつも一緒にいてくれる人がいなくなることを意味していた。ジュヨンはソウンと交わした最後の会話を忘れることにした。優しかった、いつも自分のそばにいてくれたソウンだけを残して、ソウンとの最後の記憶を消してしまった。だからジュヨンは、あの時ソウンが言った言葉をどうしても思い出せなかった。

40 目撃者

神様。

チ・ジュヨンは本当にわがままな子でした。自分が世界で一番偉いと思っていて、どれほど嫌な子だったか。

日頃の行いがあんまり悪かったから、みんな彼女がやったんだと思ってるんです。最初の頃は肩を持ってそんなわけがないと言っていた子たちも、今ではみんなチ・ジュヨンがやったと信じています。そういえば二人の様子がちょっとおかしかった、ジュヨンは昔から怒ると何をするかわからない子だった、とか何とか言って。

知ってますか？　実のところみんな、パク・ソウンのことなんて関心なかったんです。貧乏が何か悪いことででもあるかのように陰口を言ってたくらいです。ところがそんな子たちが今では、ジュヨンにそんなひどいことをされていたとは知らなかったとか、ソウンがかわいそうで心が痛むとか。ホントおかしいですよね。

あの日のことは、本当に過失でした。誓って言います。チ・ジュヨンが窓の外を見ていたと思ったら、急に狂ったように走り去ったから気になったんです。何を見てあんなに驚いたんだろうって。だから私も外を見てみました。何があるのかなと思って。するとパク・ソウンがいたんです。まったく……。二人はけんかでもしたのかな？　何かあったのかな？　ただそれだけでした。教室に戻ろうと体の向きを変えたら、私のバッグが窓枠にあったそのレンガにぶつかったんです。

ホントにわざとじゃないんです。本当です。運悪くバッグに当たって落ちるなんて、想像できますか？　それがまたよりによって、下にいたパク・ソウンを直撃するなんて……。

おかしくなってしまいそうでした。夜も眠れませんでした。まさかまずいことにはなってないよね、きっと大丈夫だ。一晩中悶々《もんもん》として、朝学校に行ったら……何事もなかったようでした。いつもと変わらない朝でした。ひょっとして、と思って窓の外を見たら……。

本当にパク・ソウンが死ぬなんて思ってもみませんでした。誰かが見つけて病院に行っただろうとばかり思っていたのに、朝までそのままだったんです。ものすごく驚きました。思わず悲鳴を上げてその場に倒れたんですけど、その声に驚いてみんな集まってきて、口々に叫んで……あんな騒ぎになったんです。

チ・ジュヨンが犯人として捕まった時、それが間違いだとわかっていました。本当に心臓が破裂しそうでした。すぐにでも警察が私のところに来るだろうと思っていました。だってチ・ジュヨンは犯人じゃないんですから。

ところがテレビでもネットでも、みんなチ・ジュヨンのことを殺人鬼だと言ってるんです。チ・ジュヨンは恐ろしい子だって。

考えてみてください。私はただ単に過失を犯しただけですけど、チ・ジュヨンは長い間、パク・ソウンをいじめて苦しめてたんですよ。あんなにいじめていたチ・ジュヨンが罰を受けるのが「正義」じゃないですか。……そうなんです。私は正義のためにちょっとうそをついただけなんです。

もしかしたら、最初から私じゃなくてチ・ジュヨンがやっていたかもしれないと思いました。私は本当にただの目撃者だったかもしれないって。そうじゃありませんか？　そうでなかったら、どうしてチ・ジュヨンはパク・ソウンを見てあんなに驚いて逃げたんですか？　チ・ジュヨンが校舎の中までレンガを持ってきたのもおかしいですし。……そうですよ。考えてみたらおかしいですよ。チ・ジュヨンがレンガを持って窓の外を見下ろしていたのは、もともとパク・ソウンにレンガを投げようとしてたってことだとは思いませんか？

裁判ということで、すごく緊張したけど、思ったより大丈夫でした。誰も私を疑いませんでした。面白いですよね。みんな、自分は全部わかってると思ってるんです。本当は何もわかっていないのに。

みんなが知りたがっていた真実ですか？　事実はこれがすべてです。こんな簡単なことなのに、誰もわからなかったんです。チ・ジュヨンが悪い子だからですよね？　憎まれて当然の子だから。

ところで、神様。

神様はチ・ジュヨンの言葉を信じましたか？　私はそれだけが気になります。

Fact is Simple

作者の言葉

まず、この小説は現実のどの事件とも無関係な、純粋なフィクションであることを断っておかなければならない。この物語を書きながら、ひょっとして私の書いた話が誰かを傷つけたりしないかと、何度も書く手が止まり、何日も眠れない夜を過ごした。『殺したい子』は、「真実」と「信じるということ」についての物語だ。私はよく、真実について考える。真実は、事実そのままなのか、それとも人々の望む通りに作られるものなのか。それがこの物語の出発点だ。

真実というのは、本当によく変わるものだ。ずっと昔、ガリレオ・ガリレイが地動説を主張したとき、人々は信じなかった。それどころか、彼がうそをついていると言って裁判にかけた。真実というのは、あるいはそういうものなのかもしれないという気がする。人々がそうだと信じることが真実になるのだと。その時は真実だと信じていたことが、あとでうそになることもあるように。

みんながそうだと言っているときに、違うのではないかと疑うのは、思ったより勇気が必要で難しい。だから私たちは、争うことなくみんなの意見に同調し、その通りだと考えるのだ。特に犯罪に関することならなおさらだ。しかし、自分が審判を受ける立場になったとしたら、そんな人々の考えに大きく絶望するだろうと思う。自分がやったことではないのに、みんなに「おまえがやった」と言われたら、私はどこまで自分を信じることができるだろうか。最初は違うと言えると思う。そのうち、悔しくなり、腹が立ってくるだろう。それでもみんなが私を信じてくれなければ、ある瞬間から自分を疑うようになるかもしれない。

考えてみれば、ジュヨンは本当にかわいそうな子だ。両親にさえ信じてもらえなかったのだから。ただ一人の心を許せる友だちだったソウンまで、ジュヨンを友だちだと思ったことはないと言ったのだから。要するに、この世にジュヨンを信じてくれる人は一人もいなかったということだ。最後にジュヨンを信じると言ってくれたチャン弁護士も、結局は信じてくれなかった。そんな状況で、ジュヨンは最後まで自分の潔白を主張することができただろうか。あなたが今でもジュヨンを好きになれないとしたら、それはこの小説を読んでいる間ずっと、ジュヨンを「憎まれて当然の子」だと思っていたからかもしれない。

作家は、小説の中の人物について責任を持たなければならないと教わった。だから私は、登場人物の誰のこともぞんざいに書かないよう努力しているつもりだが、今回の話だけは、不憫《ふびん》なことにソウンが亡くなったところから始まることになった。その点については、ソウンに申し訳なく思っている。

最後に、一緒に原稿を見て相談に乗ってくれた編集部と、この物語を読んで誰かの痛みに共感し怒ってくれたあなたに、感謝の言葉を伝えたいと思う。

二〇二一年 六月

あなたの夜が安らかであることを祈って　　イ・コンニム

訳者あとがき

本書は、イ・コンニム著『殺したい子（죽이고 싶은 아이）』（ウリハッキョ刊、二〇二一年）の全訳である。

ジュヨンは高校一年生の女の子。二学期のある日、登校すると、昨日大げんかしたソウンの姿が見えない。連絡してみようかと考えていると、昨日別れた校舎の裏でソウンが死体となって発見される。無残な姿を見てその場にへたり込んでしまったジュヨン。でも、それ以上に驚いたのは、警察が来て「おまえが犯人だ」と告げられたことだった。ジュヨンにはそんな記憶はまったくないのに。ただ、なぜかけんか別れした前後の記憶もすっぽり抜け落ちている。

裕福な家で何不自由なく育ち、活発で勉強もできて、誰からもうらやまれるジュヨン。実は、両親とくに母親との間にどうしようもない葛藤を抱えている。一方、大人しくて成績もぱっとしないソウンは、母と娘、貧しくてもいたわり合いながら暮らしていた。育った環境も性格も周囲の評判も正反対なのに、いつも一緒にいて誰も間に入り込めないような親友だった二人。ところが高一の夏、ソウンがバイトをするようになって二人の関係が変わり始め、事件が起きる。

物語は、勾留されたジュヨンの心の声と、二人の周囲の人たちの証言を交互に綴《つづ》っていく。本当に私がソウンを殺したの……？　取り調べを受けているうちに次第に自分でもわからなくなってしまうジュヨン。その一方、ばらばらだった証言はだんだんある方向に固まっていく。そんな中、ジュヨンの裁判が始まる。

日本では、少年事件はすべて家庭裁判所に送られ、そこでまず保護処分とするか刑事処分が適当かなどが判断されるが、韓国では、事件を捜査した検事が刑事処分が必要と判断すれば、少年事件であっても一般の刑事事件と同様に起訴され刑事裁判にかけられる。この物語のジュヨンも、取り調べの結果、起訴され、公開の法廷に臨むことになるのだが……。

なお、韓国では日本と同様に、少年事件の報道に際して容疑者の個人が特定できるような氏名、年齢などを報じるのは禁じられていることを付記しておく（日本では十八、十九歳の少年の場合、一部取り扱いが異なる）。

「作者の言葉」にあるように、この作品は「真実」と「信じるということ」についての物語だ。作者は最後まで読者を、何が真実か、誰の言葉を信じたらいいのか惑わし続ける。

物語には、テレビ局の取材攻勢に翻弄《ほんろう》される学校関係者、うわさまで取り上げるセンセーショナルな報道、そんな報道にあおられて沸騰する世論が描かれる。そして、ちょっとした意地悪のつもりで気軽に言った言葉が、ＳＮＳを通して勝手に拡がってしまうネット社会の怖さも。「真実」をめぐる現代社会の一断面を見る思いがする。

うそも偏見も、あるいは誰かが意図的に流したフェイクでさえ、広まっていくうちに真実となる。真実を伝えるはずの報道も、興味本位に過熱して事実をゆがめていくこともある。それは芸能界とか政治や戦争の話だけでなく、私たちのすぐ身近な世界でも。

本文中の、塾の先生がセクハラの濡れ衣を着せられるエピソードは、著者のコンニムさん自身が実際に見聞きした出来事を参考にしたとのことだ。その時も、後で生徒の訴えはうそだったとわかったそうだが、周りの非難を浴びているうちに当事者の教師が「よく考えてみるとそういうことがあったのかもしれない」と、自分の非を認めて謝罪してしまった。コンニムさんは、信頼していた教師だったのでことさらつらかった、みんながそうだと信じればそれが事実とされてしまうこと、本当は違うと知っているはずの当の本人でさえそれを受け入れてしまったことに大きなショックを受けた、と語っていた。この物語を読んでいるあなたも、まったく身に覚えのないことで、ある日突然、みんなから攻撃されたとしたら……。

本書の『殺したい子』というタイトルについても触れておきたい。

初めは自分は殺していないと頑《かたく》なに否定していたジュヨンだが、しばらく経つと「ソウンを殺したいと思った」とあの日の気持ちを語り始める。無二の親友だったはずのジュヨンとソウン。みんなが言うように、主人と奴隷の関係だったのだろうか。二人の間にいったい何があったのか？　どうして「殺したい」なんて思ったのか？

この刺激的なタイトルは、韓国での刊行を前に編集者と相談して付けたと著者が打ち明けてくれた。最初にコンニムさんが付けたのは、「Fact is simple」——本文の最後にいたずら書きのように書かれている言葉——だったそうだ。うわさや偏見なんかに惑わされないで、自分の目でまっさらな気持ちで物事を見てみたら？と語りかけているようだ。

著者イ・コンニムさんは一九八九年に蔚山《ウルサン》で生まれ、光州《クァンジュ》大学で文芸創作を専攻。二〇一四年に童話『メドゥーサの末裔《まつえい》』で作家デビューを果たし、以来、YA小説と童話を精力的に執筆している。一七年に『世界を超えて私はあなたに会いに行く』で第八回文学トンネ青少年文学賞を受賞して、一躍注目を集める作家となった。

本作『殺したい子』は、『世界を超えて私はあなたに会いに行く』（拙訳、KADOKAWA、二〇二一年刊）に続く著者二作目の邦訳作品となる。

そのほかの作品として、小説『幸運が君に近づいています』、『名前を盗んだ少年』、『B612の泉』（共著）、『少女のためのフェミニズム』（共著）、童話『おばけの悩み解決士』、『悪党の住む家』がある。作品はいずれも韓国で高い評価を受け、特に本作は、刊行後二年近く経った今も多くの読者の支持を得ている。

なお、原書では年齢を数え年で表記しているが、本訳書では満年齢に改めた。

デビュー当時のインタビューで、著者は次のように語っている。

「私は刺激的な食べ物が好きです。辛くてしょっぱい食べ物はもちろん、香りの強いシナモンも、わさびたっぷりの鮨も好きです。鼻にツーンときたり口の中がヒリヒリするのが面白いです。食べ物の好みと同じで、私は本も面白いものばかり読みます。悲しくて面白かったり、感動的で面白かったり、ケラケラ笑えて面白かったり、とにかく読んでいてわくわくするのが好きなんです」

童話について語った言葉だが、童話に限らずコンニムさんの作品が本当に面白いのはそのためかもしれない。わくわくしながらストーリーを追い続け、読み終わってからも、ヒリヒリが余韻のようにいつまでも心のどこかに残り続ける。

最後に、今回も訳者の質問に丁寧に答えてくださった著者のイ・コンニムさん、本書との出会いを作っていただき作業を温かく見守ってくださったアストラハウスの皆さん、そして、出版にあたってお力を貸してくださったすべての方々に心から感謝したい。

二〇二三年　早春

矢島暁子

著者略歴

イ・コンニム

1989年蔚山《ウルサン》生まれ。
2014年ソウル新聞新春文芸に童話
『メドゥーサの末裔』(未邦訳)が掲載され作家デビュー。
2017年『世界を超えて私はあなたに会いに行く』
(矢島暁子訳 KADOKAWA)で
第8回文学トンネ青少年文学賞大賞を受賞。
著書に『幸運が君に近づいています』『名前を盗んだ少年』
『B612の泉』(共著)『少女のためのフェミニズム』(共著)、
童話『おばけの悩み解決士』『悪党の住む家』
(いずれも未邦訳)がある。

訳者略歴

矢島暁子

学習院大学文学部卒業。
高麗大学大学院国語国文科修士課程で国語学を専攻。
訳書にソン・ウォンピョン『アーモンド』
(2020年本屋大賞翻訳小説部門第一位受賞)
『三十の反撃』(2022年同賞受賞)『プリズム』(以上 祥伝社)、
チョ・ナムジュ『ミカンの味』(朝日新聞出版)、
イ・コンニム『世界を超えて私はあなたに会いに行く』(KADOKAWA)、
イ・ギュテ『韓国人のこころとくらし』(彩流社)、
キム・エランほか『目の眩んだ者たちの国家』(新泉社)、
洪宗善ほか『世界の中のハングル』(三省堂)がある。

殺《ころ》したい子《こ》

2023年4月22日　第1刷　発行

著　者　イ・コンニム
訳　者　矢島暁子《やじまあきこ》

発行者　林 雪梅
発行所　株式会社アストラハウス
〒107-0061
東京都港区北青山3-6-7
青山パラシオタワー 11階
電話03-5464-8738

印　刷　株式会社光邦

DTP　蛭田典子
編　集　和田千春

 ISBN 978-4-908184-42-0　C0097